Descontroles

Descontroles
Telmary Barros

Copyright © 2024 by Editora Letramento

Diretor Editorial Gustavo Abreu
Diretor Administrativo Júnior Gaudereto
Diretor Financeiro Cláudio Macedo
Logística Daniel Abreu e Vinícius Santiago
Comunicação e Marketing Carol Pires
Assistente Editorial Matteos Moreno e Maria Eduarda Paixão
Designer Editorial Gustavo Zeferino e Luís Otávio Ferreira
Revisão Ana Isabel Vaz
Capa Sergio Ricardo
Diagramação Isabela Brandão

Todos os direitos reservados. Não é permitida a reprodução desta obra sem aprovação do Grupo Editorial Letramento.

Dados Internacionais de Catalogação na Publicação (CIP)
Bibliotecária Juliana da Silva Mauro – CRB6/3684

B277d   Barros, Telmary
         Descontroles / Telmary Barros. - Belo Horizonte : Letramento, 2024.
         80 p. ; 21 cm. - (Temporada)

         ISBN 978-65-5932-464-4

         1. Transtorno mental. 2. Ansiedade. 3. TAG. 4. Crises de ansiedade. I. Título. II. Série.

                                             CDU: 82-311.1(81)
                                             CDD: 869.93

Índices para catálogo sistemático:
1. Literatura brasileira - Romances psicológicos 82-311.1(81)
2. Literatura brasileira 869.93

LETRAMENTO EDITORA E LIVRARIA
Caixa Postal 3242 – CEP 30.130-972
r. José Maria Rosemburg, n. 75, b. Ouro Preto
CEP 31.340-080 – Belo Horizonte / MG
Telefone 31 3327-5771

É O SELO DE NOVOS AUTORES
DO GRUPO EDITORIAL LETRAMENTO

Capítulo 1

O professor de Introdução à Filosofia era muito gentil; disse que eu tinha uma voz bonita e me estimulou a continuar. A Mônica, uma das colegas de curso de quem eu havia me aproximado e que naquele dia estava sentando ao meu lado, se aconchegou junto a mim para ler melhor o que eu havia escrito em meu caderno.

Mas eu não estava bem. Quer dizer, eu não me sentia bem no momento. Estava meio que sufocando, sem saber por quê. Minhas mãos suavam apesar do ar condicionado a todo vapor.

Olhei ao redor, e ninguém olhava para mim; todos com os olhos fixos nos textos impressos, tentando entender ainda o que o professor tentava passar. Quis seguir em frente, mas não consegui. Dei um sorrisinho amarelo para ele e falei:

— Desculpa. Eu não estou me sentindo muito bem, professor...

Não foi alto o suficiente, e a Mônica precisou repetir por mim.

— O que foi? — o professor quis saber, em um tom de voz cantarolado, mas que pareceu genuinamente preocupado.

A Mônica olhou para mim também. Ai, meu Deus. Eu não queria essa atenção; não queria atrapalhar toda a dinâmica da aula!

Fiz esforço para dizer que não era nada, que logo ia passar, gaguejando. Enfim, o professor sorriu e disse que não havia problema, pedindo para alguém ao meu lado esquerdo prosseguir. Olhei ao redor mais uma vez, para confirmar que não estavam todos me encarando. Foi tão rápido que minha cabeça girou.

Certo. Passou, relaxe agora. Respire. O que está acontecendo?

Alguns minutos depois, virei o rosto um pouco para a Mônica só para constar que ela se mostrava tão concentrada na leitura quanto meus outros colegas. Sim, eu não precisava incomodá-la. Saí de fininho da sala de aula, pois ainda estava difícil respirar.

Lá fora, não estava tão quente, mas a diferença de temperatura me atingiu em cheio. Havia uma fileira de cadeiras de madeira junto à parede, e eu me sentei. Esfreguei as mãos em minha calça, enxugando-as.

Perto do fim da aula, eu me encontrava melhor, e quando um colega de sala também saiu antes do fim, fez comentários comigo que não tocaram no assunto do meu pequeno vexame. A Mônica também, ao surgir junto com todos. Nem o professor.

Certo. Passou.

※

Outro dia de aula...

Primeiro período na universidade. Seria um dia longo, quatro horários seguidos. Ministrados por uma professora exigente, mas afetuosa. Quando nos mostrou os livros que já havia publicado como se mostrasse canecas que havia comprado com desconto no Centro, todos nos olhamos de olhos arregalados.

Naquele dia, seria mais uma atividade em grupo... coisa da qual ela parecia gostar.

Chegava a hora de comentar o que havíamos entendido do texto, e estava muito frio. O ar-condicionado era grande, um daqueles modelos antigos, e eu me perguntava como ele ainda tinha aquela potência. Eu já aprendera que sempre era bom levar um casaquinho para as aulas, porém ele não estava ajudando muito naquela quarta-feira...

— Tá muito frio. Eu vou lá fora, volto já — falei para a Rosana, outra colega de curso de quem eu havia me aproximado. Na verdade, ela foi a primeira com quem falei na turma... ou melhor, ela falara comigo. A Rose devia ter uns vinte anos a mais que eu, era alta, corpulenta e bonita.

Sentei-me numa das cadeiras junto à parede lá fora. Eu também estava com fome, um pouco. Devia lembrar-me, da mesma forma, de começar a levar algum lanchinho de casa...

Depois de um tempo, voltei para a sala.

Eu estava nervosa sobre o que eu falaria para a professora. O pior era que um dos outros participantes do meu grupo simplesmente possuía título de doutor, embora se mostrasse bastante humilde e simpático... Por fim, felizmente, ele e a Rose dominaram praticamente toda a fala quando chegou a nossa vez.

— Nossa, tá uma geladeira lá dentro!... — Ela fez com que eu me sobressaltasse ligeiramente quando me encontrou lá fora.

— S-s-sim... — Sim, eu saíra novamente. Não estava me sentindo bem. Meu coração estava acelerado, a respiração, irregular.

— Você está se sentindo bem?

Tentei sorrir, mas neguei com a cabeça.

— O que foi?

— Eu não sei...

— Quer que eu fique aqui com você? — Rose se sentou ao meu lado, pegando em minhas mãos suadas.

Fiz que sim.

A Mônica saiu minutos antes da aula acabar, esfregando as mãos e fingindo tremer os dentes ao nos ver.

— Frio, hein? — Rose, ainda com as mãos nas minhas, confirmou com ela.

A Mônica concordou e, ao olhar para mim, sua expressão mudou.

— Tá tudo bem, Teresa?

Eu estava melhor, embora não soubesse dizer o que me deixara mal. Ao final, os horários se encerraram. Haveria um evento recomendado por outra professora em um dos auditórios do prédio, e todos se dirigiram para lá. A Rose perguntou se eu preferia ir para casa, se oferecendo para me dar uma carona. Acabei aceitando.

✤

— Mãe...? Tá... tudo bem?

Era quase uma pergunta retórica. Dava para imaginar sua expressão do outro lado da linha.

Para frequentar o curso, acabei me mudando. Fui morar com a minha tia Betânia na capital, deixando sua irmã, minha mãe, em nossa cidade natal.

— Sim, meu bem, eu só... fico me perguntando. — Ela fez uma pausa e eu esperei. — Nossa família não tem histórico de problemas do coração. Nem a do seu pai, que eu me lembre.

Eu queria ir ao cardiologista. Havia algo errado comigo, e sempre que eu o sentia, meu coração disparava de forma incontrolável. Naquele dia, eu passara mal durante a aula novamente. Depois dela, fomos para o auditório da biblioteca assistir a uma palestra, e o incômodo voltou em algum momento.

A mesma sensação de sufocamento, a taquicardia, mãos suando e inquietação.

Havia algo errado comigo. No ônibus de volta para casa, não encontrei nenhum assento vazio. Aquela pequena angústia retardou uma possível melhora.

Definitivamente, aquilo começava a me prejudicar. Não dava para continuar perdendo todo dia os últimos quinze minutos de aula por estar passando mal. Não saber o motivo piorava tudo.

Aquela sensação do meu coração batendo descontrolado contra meu peito me assustava. Eu queria ir ao médico.

Capítulo 2

— Dona Teresa, seu coração vai muito bem! A não ser que esteja sofrendo por amor... — O doutor disse-me brincando ao sentar-se na cadeira à minha frente, com os papéis que possuíam os resultados dos exames que eu havia feito. Acabei sorrindo um pouco, minha tensão se aliviando na mesma proporção.

— É bom ouvir isso... Embora eu não entenda...

Ele tinha me examinado por um instante antes de falar:

— Sabe, Teresa? Tenho recebido algumas pessoas, principalmente jovens como você, se queixando das mesmas coisas e com os mesmos resultados ultimamente... Essa sua perninha inquieta... Sabia que pode ser ansiedade?

Só então me dei conta que minha perna balançava sem parar. Parei automaticamente e engoli um pedido de desculpas.

Mas... Ele não podia estar falando da ansiedade acerca do resultado dos exames, certo? Aquilo não explicava tudo o que eu vinha sentindo nas últimas semanas.

— Como assim? — boquejei.

— Não uma ansiedade natural... Porém quando ela passa a ser muito comum aqui — ele bateu o indicador esquerdo na têmpora correspondente —, se torna disfuncional. Talvez você devesse consultar um psiquiatra, Teresa.

✦

Eu não sabia o que pensar sobre ir a um psiquiatra... Só que nunca teria me passado pela cabeça.

Fiz uma pesquisa. Pelo SUS, eu não conseguiria tão rápido e seria burocrático. Por via privada, os valores eram especialmente mais caros em comparação aos de outras especialidades. Somado ao fato de a consulta com o cardiologista já ter sido particular, eu extrapolaria o valor que minha mãe me enviava por mês para meus gastos. Claro que ela não se importaria em pagar mais por minha saúde, no entanto, no fundo, no fundo, isso me incomodava, e só reforçava em mim a ideia de procurar um emprego assim que me estabilizasse mais no curso e na cidade.

Minha mãe trabalhava como técnica de enfermagem em nossa cidade e pensou em algo naquele momento:

— Posso ver se a Ângela me consegue uma vaga para você com a psiquiatra do CAPS esse mês...

— Sério? Quem é a Ângela?

— Ela é a enfermeira do CAPS. Somos amigas, já trabalhamos juntas no posto do bairro.

Certo. Eu teria que fazer uma viagem rápida até nossa cidade, perdendo dois ou três dias de aula, só que por motivos plausíveis.

✦

Quando cheguei à minha casa, peguei a Bolinha, minha gata, no colo, e inspirei seu cheiro bom, e depois abracei a minha mãe.

— Como foi a viagem?

— Tranquila.

— Não sentiu nada?

— Não.

Eu me sentia bem em casa, quase me esquecia o porquê de estar ali. Fazia alguns dias que os sintomas não me incomodavam. Eu tentava me preocupar apenas com o que estivesse perdendo de conteúdo das aulas, não com o que fosse acontecer na próxima consulta.

Minha mãe e eu não tocamos no assunto até o dia chegar. Ela também não conseguira disfarçar a estranheza de eu precisar de um psiquiatra, de como o que eu vinha sentindo pudesse estar relacionado.

Ela me acompanhou na manhã marcada, bem cedo. Lá, foi difícil o nervosismo não bater; não por medo do que eu pudesse ouvir no consultório, mas sim pelo quanto me vi diferente da maioria dos pacientes que também aguardavam. Muitos eram crianças, ou hiperativas ou com deficiência mental, estas, em cadeiras de rodas. Havia adultos com olhares perdidos, alguns sem controle dos músculos do pescoço ou da boca, babando um pouco. Outros tinham olhares furtivos e indiscretos, me assustando ligeiramente. Todos estavam acompanhados por responsáveis.

O que me tornava igual a eles? O que eu estava fazendo ali?

Minha mãe encontrou a sua amiga, a Ângela. Ela foi amistosa, e disse estar surpresa com o quanto eu havia crescido. Quando ouviu o motivo de eu me encontrar ali, disse tranquilamente que já sentira o mesmo que eu há algum tempo.

— Eu não conseguia dormir. Simplesmente. Passava a noite toda girando de um lado para o outro. Mas eu consegui um remedinho, e hoje tudo está melhor!

Ela parecia ter uma boa intenção dizendo aquilo, entretanto, não me reconfortou.

A doutora Marieta devia ter a idade da minha mãe. Era pequena, bem branca e seus cabelos eram tingidos de um vermelho intenso.

Ela tinha um jeito de falar elegante, e acenou durante todo o tempo em que eu falei, anotando coisas no prontuário também, parando às vezes para fazer confirmações acerca dos sintomas.

Por fim, ela me mostrou uma receita e explicou como eu deveria começar a usar o remédio. Disse que talvez no início eu sentisse alguns efeitos colaterais "chatos". E que devia retornar com três meses.

Capítulo 3

O remédio era um pouco caro. Na bula, estava escrito que ele era indicado para o tratamento de transtorno depressivo e transtorno de ansiedade, além de um, alimentar, do qual não recordo bem.

Era confuso. E a doutora nem dissera exatamente o que eu tinha, mas definitivamente eu não era depressiva nem possuía problemas com comida. Era estranho. O que poderia haver na minha cabeça em comum com aquelas pessoas?

Tentei não ler a parte sobre efeitos colaterais, não queria ser negativa. Acabei passando os olhos por algumas linhas.

Minha mãe garantiu que se eu precisasse, ela poderia ficar pelo menos uns quinze dias comigo na capital; seu chefe era legal e iria compreender. Achei adorável da parte dela, mas tinha certeza que não seria necessário. Eu estava bem e também não queria incomodar a tia Betânia.

Na bula, havia que o organismo precisava de pelo menos duas semanas para se adaptar à substância e começar a apresentar alívio. E que um aumento na agitação podia vir como efeito colateral. Aquela contradição de um medicamento para ansiedade que causava mais ansiedade era meio desconcertante. Entretanto, me esforcei para me lembrar que aquilo estava previsto somente para o início.

Eu começava a almoçar cada vez mais na universidade. Por causa de precisar estudar pela manhã, não conseguia auxiliar tanto a minha tia em casa e por me sentir mal com isso, ia comer no restaurante universitário. Infelizmente, nos primeiros dias, eu ainda não tinha percebido em quais horários a fila para o almoço ficava menos longa. Num desses dias, o calor estava especialmente à beira do insuportável, e o fato de eu ter estado a manhã toda muito focada em finalizar um trabalho, cujo prazo para entrega seria a primeira aula, me fez descuidar de um lanche.

Então começou a acontecer; bem ali na fila do restaurante universitário. O coração palpitante, a respiração descontrolada, a sensação de que eu ia tombar a qualquer momento. Minhas mãos simplesmente não paravam quietas.

Eu precisava sair dali, necessitava de uma sombra, um assento, me acalmar. Meu estômago doía pedindo pelo almoço, mas...

Enfim, saí. Fui para perto das lanchonetes do prédio onde eu tinha aulas, comprei um salgado com refri. A meu ver, todo mundo conseguia notar que havia algo errado comigo, minha agitação, minha expressão de sufocamento. No entanto, a vendedora me deu um sorriso que você só dá a quem parece absolutamente normal.

Eu não tinha muito dinheiro em mãos (já havia gastado um pouco com xerox mais cedo), portanto aquele foi meu almoço naquele dia. É que quando melhorei de verdade, já havia dado o horário do restaurante fechar.

Eu nunca gostara de apresentar trabalhos para toda a turma na escola. Na faculdade, os professores amavam nos passar seminários. E agora eu reagia bem pior. Quero dizer, falar em público como se eu estivesse aprendendo, em desespero, a como respirar não ajudava em nada.

— Acho que eu não vou conseguir... Vocês vão sem mim. Desculpa.

— Quê? Não! Vai dar tudo certo! Você sabe tudo, tava até me ajudando a entender o assunto na segunda, Têzinha! — a Wanda, outra colega de curso mais velha de quem eu me aproximara (ela devia ter por volta de trinta anos, por aí, com uma personalidade que esperamos de alguém de dez a menos), tentou me convencer.

— Eu tô muito nervosa... Eu... É a ansiedade; falei para vocês, né? Eu tô tomando remédio agora. Esses primeiros dias estão sendo horríveis.

Tínhamos um grupo no Whatsapp. Ali parecia terem se reunido os que não conseguiram se encaixar em panelinha nenhuma desde o início do curso, e agora fazíamos os trabalhos em grupo juntos e ríamos das coisas que nos deixavam tensos na vida de universitário.

Os outros iam para lá e para cá, se esbarrando, conferindo se estava tudo bem com o data show; os que não conseguiam falar espontaneamente, tentando decorar sua parte pela última vez, ou simplesmente espiando a todo momento se o professor já assomava pelo corredor, me deixando ainda mais nervosa.

Se eu não fosse com eles, ficaria sem nota. Porém, tinha um bolo tão grande em minha garganta que eu remoía um medo de que pudesse desabar lá na frente, prejudicando não somente a mim.

— Vai passar! Estamos aqui com você, você vai apresentar com a gente, sim, não vamos nos abandonar! Qualquer coisa, começa que eu emendo tua fala. — Wanda, que segurava minhas mãos, as apertou.

Capítulo 4

Não sei dizer se aqueles primeiros dias de maior agitação após eu começar a tomar o remédio findaram exatamente com duas semanas, ou se eu apenas fui realmente me acostumando e aprendendo a antecipar minhas respostas aos sintomas. Eu sabia que o frio causado por ares-condicionados, fome, falar em público e/ou situações muito estressantes eram potenciais gatilhos, então estava sempre pelo menos com um casaquinho e lanches rápidos na mochila.

Um dos meus colegas do meu grupo de mais próximos do curso foi quem me falou da Residência Universitária, que uma conhecida já havia morado um tempo lá. Pesquisei no site da universidade como estar apta a tentar uma vaga, fui algumas vezes na pró-reitoria de assistência. Levantei toda a documentação necessária e aguardei.

Eu recebi a ligação com a convocação para ocupar uma vaga quando voltava das férias após a finalização do primeiro período, eu estava no ônibus.

Queria que a minha mãe estivesse comigo quando foi preciso comunicar à tia Betânia que eu iria fazer a mudança, garantir que não havia nenhum problema com sua hospitalidade nem com a sua casa. Os motivos eram apenas financeiros e de praticidade, pois a Residência Universitária ficava dentro do campus, o que já me levaria a economizar com a passagem do ônibus e com o tempo de deslocamento. Além disso, como moradora eu também tinha direito a uma bolsa alimentação, então, da mesma forma, não teria gastos no restaurante universitário. No entanto, eu sabia que as irmãs conversariam por telefone, e minha mãe reforçaria minha justificativa, pois justamente nós duas já tínhamos discutido as vantagens mais de uma vez.

A Carmem completava a pequena lista das amizades com razoável diferença de idade em relação a mim que eu havia feito no curso; Wanda e ela deviam ter quase a mesma. Quando falei da mudança, ela se prontificou em levar a mim e minhas malas para meu novo lar.

No dia, caiu uma baita chuva. Entrei no carro da Carmem consideravelmente molhada. A tia Betânia havia saído para o trabalho, portanto não tivemos nenhuma despedida dramática, nem tinha por que ter. Eu continuaria a visitá-la, e é claro que ela disse que sempre que precisasse, devia lhe recorrer.

Já na Residência Universitária, conheci a Leila, que seria minha colega de quarto. Ela era pequena e parecia nervosa em me conhecer, me explicando tudo bem rápido. À noite, enquanto ela cortava as unhas dos pés e se mostrava mais relaxada, já contava a história de sua família.

Mais tarde, eu me encontrava meio paralisada. Parecia que se eu saísse do quarto, tudo ia desmoronar. Minha mãe me ligou e eu contei que tudo estava bem. Ao deitar para dormir, após arrumar minhas coisas, chorei silenciosamente.

◆

Ir à farmácia comprar o remédio quase sempre era algo que não me afetava muito, embora aquele dinheiro fizesse falta, é claro. Só às vezes a reação de um ou outro farmacêutico me punha um pouco tímida, como quando uma moça confirmou se a medicação era realmente para mim com um semblante de comiseração, ou como quando outra, na minha cidade durante as férias, insistiu na recomendação de um fitoterápico para ajudar no tratamento.

Em uma manhã, eu estava almoçando no restaurante universitário quando encontrei o Gabriel. Ele era um dos quatro filhos da Rosana, o mais novo, e também estudava ali. Tinha o tom cremoso da mãe na pele negra, e puxara sua beleza e altura. Nós já havíamos nos seguido no Instagram e trocado algumas interações.

Ele estava acompanhado por alguns colegas, outros garotos tão intimidadores quanto ele, e trocou a mesa que tinham escolhido pela em que eu me encontrava. Nossa conversa se desenrolou rápido, não demorando para passar de ele comentando sobre como a Rose falava de mim em casa (o que achei que ele estava exagerando para ser simpático) para nós descobrindo gostos em comum. Quando terminamos de comer, ele se despediu dos meninos para me acompanhar até a Residência Universitária.

Continuamos papeando por aplicativos de mensagem. Gabriel era bem intenso, mas não era o tipo de pessoa de um assunto só, e disso eu gostava nele.

Numa sexta, eu e meus colegas de turma não tivemos a última aula e alguns de nós resolvemos ir até o Centro, a um ponto onde a galera se reunia para ver o pôr do sol e ficar de bobeira. A Carmem teria uns compromissos, por isso não ficou conosco, todavia nos deu uma carona; eu ainda estava em seu carro quando o Gabriel respondeu minha última mensagem e fez aquelas perguntas casuais sobre o momento que todo mundo faz, portanto acabei revelando aonde estava indo.

— Sério? Eu tô aqui com uma galera. A gente se encontra então.

Franzi o cenho ao ler aquilo na tela, no entanto, senti-me ligeiramente aliviada por ele não ter insistido nem ter sido específico. Com certeza eu não ficaria à vontade tentando interagir com a "galera" dele, nem queria ter que deixar os meus amigos.

Chegamos, eu comprei um beiju com molho de camarão com queijo, e fomos assistir ao pôr do sol. Eu já havia me esquecido do Gabriel, estava tirando as últimas fotos engraçadas dos meus colegas, quando vi uma mensagem dele entre as notificações.

— Vi você passando. Eu tô aqui em cima. Cadê você?

Droga, pensei, respondendo:

— Tô aqui perto do parapeito.

Poucos minutos depois, ele acabou me achando. Cumprimentou-me com um beijo no rosto, e eu o apresentei aos meus colegas, dos quais ele apertou as mãos. Notei um leve aroma de álcool no hálito do Gabriel, e logo ele passou a dividir a garrafa de vinho barato que meus amigos haviam comprado. Eu nunca gostei muito de beber, sempre tomava apenas uns golinhos incentivada por conhecidos em comemorações; nesse caso, as recomendações para evitar bebidas alcoólicas que li na bula do medicamento contra ansiedade não me fariam sentir falta. Mais tarde, eles quiseram comprar outra garrafa, então voltamos para a área dos barzinhos.

Eram umas sete e meia e já havíamos nos perdido do Marcus, meu colega que me indicara a Residência Universitária; ele tinha encontrado uma conhecida de bairro ali. Os meus outros dois amigos, um casal (que provavelmente estava se transformando em casal no sentido romântico da palavra também), decidiram voltar para casa. Fiz menção de acompanhá-los, porém o Gabriel me pediu para ficar. Hesitei, ele insistiu, e eu acabei cedendo.

Gabriel decidiu que era hora de eu conhecer seus amigos, uma vez que ele já havia conhecido os meus. Eles eram por volta de seis ou sete, se amontoando em uma escadaria, onde mais gente se juntava em maior quantidade. Foram simpáticos no início, no entanto depois me ignoraram, já que eu era péssima para interagir com pessoas novas, continuando com suas conversas e gargalhadas altas e particulares. Aceitei quando Gabriel se ofereceu para comprar uma latinha de refrigerante para mim, ficando sentada e quieta, esperando. Ele voltou com minha bebida e mais álcool para os amigos, que comemoraram.

— Posso ver? — Gabriel tocou em meus óculos com cuidado, se sentando perto de mim.

Sorri e assenti, e ele os tirou de meu rosto, colocando no seu.

— Você tem o quê, miopia?

— Astigmatismo.

— Qual a diferença?

— Em termos práticos, na miopia as coisas distantes ficam embaçadas, no astigmatismo, tanto as próximas quanto as distantes ficam distorcidas, dependendo do grau.

— Puxa, você fica bonita de todos os jeitos! — Ele me devolveu os óculos.

Ri de leve.

— Com e sem distorção? — brinquei.

Ele sorriu, levou a mão ao meu rosto e foi se aproximando dele. Nossos lábios se tocaram de leve.

— Caraca, o homem *tá* mesmo apaixonado! *Tá* até bebendo refrigerante, olha aí! — ouvi um dos colegas dele caçoar, e os outros riram.

Gabriel tinha colocado um pouco do que eu bebia para si quando concluí que não conseguiria tomar tudo. Ele aceitou a provocação, e começou um embate com o amigo. A princípio, foi divertido, eu ria das histórias que um contava do outro. Mais tarde eu fui me sentindo meio deslocada novamente, conforme todos ficavam mais bêbados, embora de vez em quando o Gabriel olhasse para mim ao fazer todos soltarem mais uma rodada de risadas. Eu sorria de volta, mas minhas mãos começavam a suar, pois o cheiro da maconha me afetava um pouco. Dois deles compartilhavam um baseado, no entanto havia várias outras pessoas fazendo o mesmo ao redor. Eu não os julgava, não tinha nada a ver com moralismo. Eu tinha experimentado a mesma sensação da última vez que tentei fazer banho de lua: o odor da água oxigenada me acelerando de forma desconfortável. De desconfortável para culpada e nervosa e à beira de uma crise de ansiedade, eu sabia que não demoraria muito.

Levantei-me, levemente tonta, e disse ao ouvido do Gabriel que era a minha hora de ir para casa quando ele cedeu a fala para o outro amigo que dominava o entretenimento do grupo. O Gabriel automaticamente disse que me acompanharia, garanti que não era preciso, estimulando-o a continuar aproveitando a noite com os amigos, porém ele me venceu mais uma vez. Despedimo-nos deixando o grupo meio calado, olhando-nos de forma estranha, o que aumentou o aperto em meu peito.

Gabriel passou o braço esquerdo sobre meu ombro, mais apoiando-se do que abraçando-me, pois estava um tanto cambaleante.

— Acho que seus amigos não gostaram muito de eu ter te tirado deles...

— Foda-se! Eu não sou deles! Mas não me importaria de ser seu... — Ele riu e parou, virando e tomando meu rosto para beijar-me. O gosto de álcool estava bem mais forte em sua boca agora, e tentei ignorar. — Mas eu sei que você não é assim. Você é tipo um equilíbrio, é como um cais...

Se ele soubesse como meu coração batia desesperado naquele momento, usaria qualquer palavra, menos "equilíbrio". Então forcei um sorriso e balancei a cabeça negativamente.

Gabriel me beijou novamente, e eu realmente não estava lidando bem com o sabor em seus lábios.

— Vamos, temos que chegar à parada...

Tentei puxá-lo, que tropeçou e riu.

— Me deixa dormir na sua casa hoje?

Olhei para ele, desconcertada. Levei meio minuto para responder:

— Você sabe que a Residência Universitária não é bem a minha "casa". E eu divido quarto com mais uma menina...

— Eu vou ficar quietinho, ela não vai nem perceber. Não vamos fazer nenhuma besteira. — Ele riu de novo. — Minha cabeça tá rodando tanto. Não sei se consigo chegar até a minha casa.

— Podemos ligar para o seu pai vir te buscar?

Outra risada.

— Meu Deus, se meu pai me vir nesse estado capaz de nunca mais querer me chamar de filho...

Ele havia me contado sobre as brigas em casa, principalmente com o pai... Não queria mais frequentar a igreja, pois não sabia se ainda compartilhava das mesmas crenças religiosas e morais da família. A Rosana se tornara mais compreensiva desde que decidiu voltar à universidade, ambiente que, de certa forma, compartilhava com o filho caçula agora.

— Chamamos um táxi então?

— Teresa, meu dinheiro, eu bebi todinho. — Ele me puxou para si, colando a testa na minha. — Por favor... Me leva contigo...

— Gabriel, sinto muito. Há re-regras no meu quarto... Eu não... — Já estava difícil falar porque já estava difícil respirar. Ele me atraía, mas a situação era péssima: eu não sabia lidar com alguém tão bêbado, tão alto e pesado ao mesmo tempo. Seus beijos não tinham um gosto agradável, e o que ele me pedia era impensável.

Finalmente, ele desistiu:

— Tudo bem, tudo bem...

Enquanto ele repetia que provavelmente cairia antes de chegar à sua casa, consegui que me dissesse qual linha de ônibus devia pegar; um da minha passou primeiro, porém eu queria ao menos garantir que Gabriel entraria no veículo. Quando este veio, eu o ajudei a subir os degraus e a dizer à cobradora onde ele desceria; ela e o motorista não nos olharam com ares simpáticos.

Voltei à parada, e então o Gabriel se foi.

Capítulo 5

O Gabriel realmente se foi.

Fiquei preocupada com ele, claro, e foi difícil dormir naquela noite. Ele respondeu às minhas mensagens no dia seguinte de forma tímida, pedindo desculpas pelo acontecido. Não quis ser invasiva perguntando sobre como tinha sido a recepção em sua casa, portanto apenas lhe garanti que não ficara chateada. No entanto, não houve mais retorno. Ele sumiu.

Os meses foram passando. Aos poucos, fiz algumas amizades além da Leila na Residência Universitária. Concluí segundo e terceiro período do curso.

Perto do fim do quarto semestre, em algum momento, as coisas voltaram a se agitar para mim. A demanda de trabalhos e provas em datas próximas, os prazos apertados, e os fatores que já eram potenciais gatilhos para causar crises de ansiedade em mim, se combinaram de uma maneira que eu não pude suportar.

De início, os mal-estares nas aulas retomaram a frequência dos primeiros dias de aula. Porém, eu ignorei aquilo, tornando o fato de constantemente sair antes do final dos horários um hábito. Eu me sentava no chão do corredor e tentava voltar a respirar mais calmamente. Eu estava sempre correndo, comendo com pressa, negligenciando lanches. Estudava até perto da hora de dormir, e sempre demorava um pouco a pegar no sono, pensando em atividades, resumos, seminários.

Certo dia, acordei indisposta, como se não tivesse poder sobre meu corpo. No almoço, não tinha fome, e meu coração e minha respiração dispararam em plena mesa do restaurante universitário, sem motivo nenhum. Mal toquei na comida, voltei para casa e não fui para a aula.

No outro dia, eu não havia melhorado, e parecia sem forças até para percorrer os poucos metros até o restaurante. Decidi cozinhar alguma coisa em casa mesmo, porém bastava que eu ficasse alguns minutos fora da cama para sentir um cansaço extremo e dificuldade para respirar. Corri para a cama novamente após somente fritar um ovo.

A Leila não percebeu nada. Ela estudava bastante, quase não ficava no quarto, estava sempre ou nas aulas do próprio curso, ou na sala de estudos ou na de informática. Eu não iria incomodá-la, nem saberia explicar o que estava acontecendo, afinal tomava a medicação direitinho e tal.

No dia seguinte, fui à aula, e os dois primeiros horários foram cem minutos inquietantes. Eu precisava ficar até o fim, a professora estava fazendo uma revisão importante. Eu balançava as pernas, enxugava as mãos nas calças, tentava inspirar e expirar em um ritmo tranquilizante. Era algo cansativo e assustador; respiramos inconscientemente, portanto notar que algo tão essencial e natural está fora de controle em si, e se esforçar tanto, por tanto tempo sem sucesso, para regulá-lo, realmente assusta.

Lá vinha mais uma falta, pois não fiquei para a próxima disciplina. Naquele momento, agradeci aos Céus por morar dentro do campus, enquanto caminhava apressada e sufocada para a Residência Universitária, digitando no grupo do Whatsapp de amigos próximos do curso um pedido. Que fizessem, por favor, anotações sobre a fala do professor, pois eu estava indo para casa, não me sentia bem. Ao que parecia, era a ansiedade, justifiquei.

Eu estava perdendo aulas, e pouco tinha energia para estudar por fora. De noite, isso ficava remoendo na minha cabeça, prazos, perdas, impasses. Mesmo deitada na cama, onde devia estar relaxada, eu tinha crises de ansiedade. Desenvolvi uma maneira de tentar controlar a respiração juntando as mãos em frente ao nariz como em uma prece; um, dois, três, um, dois, três, e depois pousava uma delas sobre o peito tentando sentir que meu coração estava mais calmo. Outra coisa que pode ser incrivelmente atemorizante é sentir seu coração batendo tão rápido em meio a tanta incapacidade. É como ter uma bomba pulsante dentro de si.

Havia uma disciplina em questão que requeria um pouco mais atenção naquele período. No dia da última avaliação, lá estava eu de novo tendo uma crise de ansiedade. Não era só o nervoso pelo pouco que eu havia conseguido estudar, ou o temor normal que sentimos diante de uma prova. Eu me sentia fraca, psicológica e fisicamente, eram dias me arrastando por aquele surto de ansiedade. Consegui responder duas questões, até que não aguentei mais e devolvi a folha delas para o professor. Ele me olhou quase decepcionado, e eu saí da sala.

✻

Nem sei como consegui ser aprovada nas outras disciplinas. Quando fui ao supermercado e me pesei, vi que tinha perdido dois quilos.

As crises diminuíram de frequência, se concentrando principalmente à noite, quando eu pensava sobre o estrago que fizeram: as últimas notas beirando a média, as faltas, conteúdos mal aproveitados, as horas de angústia.

Eram os últimos dias de aula do período, quando em uma tarde a Wanda me encontrou no corredor durante um intervalo, e me chamou para fazer um lanche com o resto dos meninos na lanchonete. Quando chegamos perto dos bancos e mesinhas de concreto, eles explodiram cantando parabéns para você.

No dia anterior, fora meu aniversário, mas não tivemos aula, porque a disciplina correspondente a ele já havia sido finalizada. Ali estava a minha surpresa: um bolo, mais alguns docinhos de padaria, e um refrigerante. Senti as lágrimas querendo vir, só que as controlei. É que elas não eram de alegria; virei o rosto, pois não suportava a visão.

— Ela não gostou! — riu o Marcus, que carregava sempre uma tendência a um humor sombrio. Parecia estar implícito em sua frase: "Fizemos tudo isso e ela nem gostou!"

— Ela gostou, sim! Não gostou, Tê? — confirmou a Carmem.

— Sim... É que... — balbuciei.

Naquela hora, eu não consegui dizer coisa alguma. No entanto, questionava como eles não haviam percebido nada. As faltas sem justificativa, as saídas frequentes em meio às aulas, meu distanciamento emocional. A falta de clima para comemorações.

Mais tarde, quando já estávamos todos em nossas casas, mandei uma grande mensagem no grupo pedindo desculpas se pareci desgostosa com a surpresa, pela minha reação. Expliquei que, nos últimos dias, passara por um pico de ansiedade e como foi difícil lidar; ainda estava me recuperando.

Tive a impressão que não souberam como responder, então fizeram comentários vagos.

Naquela época, deliberei que nem todo mundo consegue detectar uma crise de ansiedade, entretanto, um surto do transtorno deve ser difícil de ignorar para alguém que nos é mais próximo. Hoje não sei o que dizer. Se faz parte da tendência dos sintomas de superestimar as sensações ruins, ou se a maioria das pessoas ao nosso redor, incluindo as íntimas, prefere realmente fingir que não notou nada afligindo você, por não saber lidar. E também para não precisar se cobrar por não ter feito algo a respeito. Talvez seja quase subconsciente...

Capítulo 6

Escrevi rapidamente tudo o que sabia para a prova substitutiva. Queria terminar com aquilo logo, finalizar o período, entrar em férias, ir para casa. Rever a minha mãe, a Bolinha... Somente eu e mais dois colegas de curso fazíamos a avaliação.

O professor corrigiu tudo ali mesmo; a nota não foi o suficiente. Quando eu suspirei, ele me perguntou se havia acontecido algo naqueles últimos dias, mencionando minhas faltas no fim da disciplina, o modo como agi durante a última avaliação... Surpresa, respondi que foram problemas de saúde, apenas, sem dar detalhes. Ele me lembrou que agora eu tinha direito à prova final; eu precisava de apenas mais dois pontos, dificilmente não os conseguiria.

Olhando em seus olhos por meio minuto, tomei uma decisão:

— Não, professor. Não quero passar por sua disciplina de forma tão arrastada. O senhor sempre foi tão legal conosco, não merece isso...

Ele deu um sorriso tímido. Acho que pensei em voz alta, pois aquelas palavras pareciam ousadas demais para mim. De qualquer forma, depois de tudo, eu me sentia meio apática. Necessitava realmente de um descanso para me reencontrar.

— Então até o próximo período! — O professor me ofereceu a mão com um sorriso, e eu a apertei.

Foi a primeira vez no curso que reprovei em uma disciplina.

Eu fiz minha mala e viajei assim que pude. Em casa, eu dormia o quanto podia, e, a todo o momento, minha mãe me lembrava de fazer um lanche, pois não gostou de me ver mais magra.

❖

As férias acabaram, era hora de voltar para a capital. Seriam apenas alguns dias até o feriado do Carnaval, para o qual eu pretendia retornar para a minha cidade natal. Eu não possuía muita afinidade com a folia carnavalesca, apenas gostava de ver os desfiles das escolas de samba do Rio e São Paulo na TV. Porém era mais uma oportunidade de estar em meu lar, e eu não iria desperdiçar.

Assim foi.

Após o retorno, descobri que a prefeitura nova havia feito algumas alterações no circuito dos blocos, e a praça perto de minha casa passaria a contar com shows noturnos.

De início, praticamente ignorei o fato. Durante a primeira noite, eu até acompanhei as músicas cantando baixinho em minha cama, com as pernas em forma de quatro, tamborilando com os dedos nelas, porque sabia que não adiantaria tentar dormir enquanto os foliões não estivessem satisfeitos. Só que no segundo dia, eu não consegui pegar no sono mesmo depois que o show acabou; eu realmente virei a noite.

Quando amanheceu, eu me sentia como se houvesse pesos me puxando para baixo, um incômodo no peito e outro na boca do estômago. Minha mãe tentou entender o que eu tinha, e eu apostei na falta de sono. Mas também coloquei fichas em conseguir recuperar um pouco dele com uma soneca após o almoço.

Faltou combinar com os vizinhos. Não era culpa deles... afinal era Carnaval.

À noite, eu já sabia que não seria possível dormir, não havia como convencer minha mente do contrário. E a crise de ansiedade veio. Os pensamentos eram como um furacão. Você consegue pensar em absolutamente tudo, tudo em meio a uma crise. Principalmente a parte negativa das coisas.

Eu ficaria novamente como estivera no fim do período, mal conseguindo levantar da cama. Minha mãe se assustaria. Eu não teria energia para voltar para a capital. A ansiedade me prejudicaria nos estudos de novo...

Talvez eu tenha dormido por uma ou duas horas. Pela manhã, conversei com minha mãe, e resolvi que ligaria para a tia Lucy, uma prima dela que morava em um povoado longe da sede. Pediria para dormir lá mais aqueles dois dias, longe do barulho.

Tia Lucy aceitou, é claro. Arrumei uma bolsa com algumas coisas, e minha mãe contatou um mototaxista de sua confiança para me levar. Eu estava com vergonha de ser vista daquele jeito pela tia Lucy e seu marido, o tio Sandro. Além das olheiras, eu me movimentava com lentidão, me sentia como um zumbi; estava realmente com um aspecto de doente.

A tia Lucy me acolheu reclamando brandamente até; afirmou que eu devia ter ido antes.

❋

Eu não sei como o primeiro pensamento veio... Só que de repente apareceu.

No meio da noite, no quarto de hóspedes da casa da tia Lucy, em meio a uma crise porque já era tarde da noite, não havia zoada, e eu ainda não pegara no sono. As mãos unidas sobre o nariz, tentando ao mesmo tempo puxar e segurar o ar, soltar prolongadamente, e repetir. Minhas mãos suadas, meu coração martelando no peito.

Então era isso a que se resumiria minha vida dali para frente? Um surto de ansiedade atrás do outro? Noites e noites daquela angústia... eu parando de viver toda hora, indo para trás do palco por precisar controlar a respiração, a taquicardia?

Não era o que eu queria, não ia conseguir aguentá-lo. Aquilo não era nem exatamente viver. Como acabar com aquilo?

Foi quando eu pensei pela primeira vez... Que se estava em mim... Eu teria que fazer parte do fim...

Meus pensamentos suicidas nunca foram sobre imediatismo. Eu nunca pensei em me matar durante uma crise. Mas, durante algumas, eu tinha medo que algum dia pudesse ter uma tão forte, em um contexto tão ruim, que isso mudasse; e atitudes compulsivas eram comuns naqueles momentos. Em noventa por cento dos casos, as ideias autodestrutivas vinham quando eu tinha uma crise. Quando eu deliberava que não queria ter que aguentar aquilo pela vida toda, que não haveria como eu ser feliz assim. Então eu pensava que... Talvez, futuramente... Quando a ansiedade já tivesse sugado toda a minha vontade de viver...

Geralmente, deitada em minha cama, eu imaginava formas. As que pudessem ser rápidas e contornar ao máximo a dor.

Eu disse que, quando comecei a tomar o remédio, não li a parte sobre efeitos colaterais, mas aquilo foi inevitável depois de um tempo. Já imaginou comprar um medicamento e ingeri-lo contando que ele auxilie na sua melhora, e lá na bula haver que ele pode desencadear ideações suicidas? Alguns psicoterápicos são assim. Então eu tenho quase certeza que aqueles pensamentos eram estimulados, em boa parte, pela medicação.

Tê-los em minha mente era algo que sempre esbarrava na minha mãe. Eu não podia imaginar o quanto ela sofreria. Ela só tinha a mim, e eu, a ela. Se havia algo pelo que eu tentaria continuar suportando, era ela. Minha mãe.

Capítulo 7

Decidi mudar algumas coisas.

Cancelei duas disciplinas. Adequaria minha rotina para não estudar depois das 20h00min. Queria estar com a mente limpa para priorizar minhas noites de sono. Também resolvi que procuraria um(a) psicólogo(a).

Finalmente a terceira vaga em meu quarto da Residência Universitária foi ocupada, e eu e a Leila teríamos uma nova companheira.

A Jennifer era mais nova, porém mais alta, muito bonita, madura e descolada. Tinha um corpo de miss, no entanto, preferia os esportes.

Eu teria uma disciplina de Psicologia no semestre. Quando a professora, chamada Alana, disse que também trabalhava em um consultório, perguntei-me se seria errado da minha parte sondá-la para uma consulta. Eu gostava do jeito que ela falava e das coisas que falava.

Mandei uma mensagem por uma rede social. Ela respondeu, e disse que me atenderia, sim. Enviou o endereço e o preço da sessão. O último me alarmou um pouco. Mas eu gostei dela, e queria ouvir o que ela tinha a dizer sobre mim.

O consultório ficava em um shopping. No dia, entrei no elevador esquecida do quanto me locomover em um me deixava desconfortável. Fazia tempo desde a última vez.

Alugar uma sala naquele lugar não devia ser barato...

Alana tinha me instruído a entrar sem bater. Quando entrei, havia uma pequena área de espera com duas cadeiras e dois pufes, uma fonte d'água ao estilo oriental, pequena, sobre uma mesa estreita, um bebedouro e duas portas (a lateral, descobri depois que levava a um banheiro). Faltavam ainda alguns minutos para o meu horário, e não havia ninguém, entretanto, eu podia ouvir vozes abafadas do outro lado da porta à frente. Pendurado na maçaneta, um aviso pedindo para aguardar.

Pouco tempo depois, a porta se abriu e a Alana apareceu com uma senhora alta e bem vestida. Ambas me cumprimentaram, e a primeira disse que eu podia entrar. Lá dentro, a sala era espaçosa, com uma mesa de escritório ao fundo, ao lado de uma estante de madeira bonita, alguns quadros e uma planta bem cuidada do outro. Mais perto da porta, um sofá aconchegante com almofadas e uma cadeira acolchoada.

Foi nela que Alana sentou-se.

❖

Contei como comecei a sentir as crises, o fato de eu ter pensado que era algum problema em meu coração. Contei que eu era de uma cidade pequena, que havia me mudado para fazer o curso; que mal sabia andar pela capital ainda. Contei que não conseguir ajudar minha tia, quando ainda morava com ela, com os afazeres domésticos devido à demanda de estudos me incomodava... A pressão por ter entrado na faculdade, vinda de uma vida toda de escola pública, encontrando tantos que eu sabia que tinham frequentado as instituições mais caras do estado (eu não queria parecer que estava tão atrás em nível de conhecimento em relação a eles). Enfim, tudo o que eu achava que colaborara para o desenvolvimento do transtorno, pois, em minhas pesquisas, eu lera que sempre há uma série de fatores que se somam para que ele estoure.

Ela quis saber mais sobre mim, uma espécie de resumo desde a infância.

Falei que era filha única de pais separados. Que até os meus nove anos frequentei a casa da minha avó, que ficava numa cidade próxima, e onde meu pai morava com ela e meu avô de criação. Eu sempre ia com meu tio Vanderlei, filho do meu avô Henrique, e que morava na mesma cidade que eu, no interior. Íamos eu, ele, sua esposa e meu casal de priminhos mais novos.

Eu pouco via meu pai em casa; ele trabalhava como motorista de uma banda. Quando estava, dormia ou ia jogar futebol, me dava pouca atenção. O tio Vanderlei sempre perguntava à minha avó se ela não havia avisado que eu iria, e por que meu pai não podia tirar aqueles dias para ficar comigo. Eu pouco me importava. Eu adorava o meu avô Henrique, que adorava mimar os netos. Minha avó sempre inventava desculpas para encobrir as faltas do meu pai.

Numa dessas visitas, meu pai estava com uma moto emprestada. Fazia uns reparos numa roda, e me chamou para pegar uma ferramenta. Bem, acabei pegando a errada, e quando ele brigou comigo, deixei sem querer que ela caísse em cima de um potinho onde ele colocava parafusos. Ele explodiu, e eu comecei a chorar. Meu avô foi em meu socorro, e os dois iniciaram uma discussão que culminou em ameaças de agressão, meu tio Vanderlei segurando o pai para um lado, minha avó segurando o meu avô para o outro, enquanto a esposa do meu tio levava as crianças chorosas e assustadas para o quarto.

Só sei que, depois disso, meu pai foi morar com a namorada. Minha avó sabia de seus erros, todavia caiu em uma tristeza profunda que durou até sua morte, dois anos depois. Meu avô voltou para a nossa cidade, e mora hoje com as irmãs. Meu pai nunca mais me procurou, e, para mim, é como se ele não existisse. Nem quando convivemos, eu senti a sua presença.

— Você se sente culpada pelo que aconteceu? Acha que foi o motivo da briga dos dois? — Alana me perguntou.

Refleti por um instante.

— Não. Eu era só uma criança. Tanto para ter culpa, tanto para me culpar.

Contei também sobre meus tempos de escola. Sempre fui uma aluna exemplar e tímida, mas sem problemas com amizades.

A relação com a minha mãe era boa, éramos muito companheiras e parecidas em alguns sentidos. Éramos criaturas caseiras e tranquilas.

Acabei comentando que gostaria de me sentir novamente equilibrada e com energia para procurar um emprego, como pensava no início do curso. Porque o remédio era caro, e apesar dos benefícios de morar na Residência Universitária, sempre havia gastos extras. Então a Alana me perguntou como eu faria para pagar as sessões.

Dei uma risadinha sem graça, e fui sincera ao responder que não pensara em uma continuidade.

Fez-se um silêncio no qual ela me encarou com neutralidade. Senti-me culpada, claro, e, ao final dele, ela tentou abafar um suspiro. A Alana fez todo um discurso para revelar que sempre se permitia abrir duas vagas para atendimento comunitário, e que eu poderia preencher a que restava; ou seja, pagar-lhe um preço acessível a mim pelas próximas consultas.

Aceitei levemente atordoada com a minha sorte.

Capítulo 8

Ver-me atrasando no curso com relação aos meus amigos era incômodo. Eu tentava colocar na minha cabeça que não devia me comparar com os outros, e que meu potencial realmente não se resumia a notas, pois nem sempre era possível controlar os contextos. Isso fazia parte da minha mudança; eu não queria dar base para os pensamentos negativos quando as crises de ansiedade viessem.

Lembro que numa das primeiras sessões com a Alana, ela me perguntou quando aquelas aconteciam, e eu respondi:

— O tempo todo. Na fila do restaurante universitário, porque estou com fome. Na aula, porque estou com frio. Ou porque vou apresentar um trabalho, ou só porque vou falar algo em voz alta. Na rua, se tenho que passar por algo que nunca passei. De noite, sei lá, acho que porque penso muito em tudo à noite. Já tive até aqui falando com você...

Uma vez estava pensando em comprar uma estante, dessas estreitas de ferro, para colocar minhas coisas em meu quadrado no quarto da Residência Universitária. Eu sabia de um bairro perto da casa da tia Betânia onde havia de tudo, inclusive algumas lojas de móveis usados. E fui. Só que eu simplesmente não consegui. Percorri quase toda a extensão da avenida com um nó da garganta, olhando para dentro das lojas, repetindo em minha mente: "Simplesmente entre". Mas eu estancava. Não conseguia me imaginar falando com os vendedores, interagindo, negociando. Desde quando eu me tornara assim?

Foi uma manhã em vão, e quando cheguei em casa, apenas chorei.

Outro dia, confessei à Alana que em uma saída, passando pela ponte que dividia a cidade ao meio, a visão do alto com a água embaixo me causou um sentimento ruim. Pontes nunca foram consideradas quando as ideações suicidas me faziam fantasiar formas de morrer durante as crises mais fortes, porém, naquele momento, aquele sentido associado a elas me trouxe ainda mais melancolia porque, sim, acontecia: às vezes, eu pensava em, num futuro próximo, me matar.

E, analisando agora, como eu era infeliz por querer planejar tudo, até minha própria morte, porque quase sempre a agitação das crises de ansiedade me provocava impulsos horríveis. Como quando, numa noite, tive uma crise tão forte que realmente fiquei preocupada com o impacto sobre o meu coração. Leila já estava dormindo, Jenni dormiria na casa de uma amiga daquela vez; mesmo depois de conseguir me acalmar um pouco, as batidas em meu peito continuavam assustadoramente altas e rápidas. Pensei em ligar para a Carmem, pedir que me levassem a um pronto-socorro. Liguei algumas vezes, e ela não atendeu. Era alta madrugada. Pensei em ligar para o meu primo Estevão, e o mesmo aconteceu. (Estevão era filho da tia Betânia, pouco mais de dez anos mais velho que eu, e pastor; havia morado por três anos em uma cidade vizinha, onde ministrou na congregação a qual servia.

De lá também retornara noivo, isso há algumas semanas. Houve um jantar em família para comemorar, ao qual fui convidada.)

Na manhã seguinte, enviei aos dois mensagens com minhas justificativas para as tantas ligações antes que me perguntassem. Omiti parte da história, dizendo apenas que ficara assustada com um pequeno mal estar, mas que já estava melhor.

As crises vêm e vão tão rápido que é um pouco compreensível que algumas pessoas não te deem muito crédito acerca da genuinidade do que você está passando. O que eu sentia era raiva, nesses momentos. Eram muitos porquês, e o excesso de emoções distintas era exaustivo.

❋

A Leila se formou e depois de alguns dias chegou o seu momento de ir embora da Residência. Ela não tinha uma boa relação nem com seu pai, nem com sua mãe; seu vínculo familiar mais forte era com a irmã mais velha e a sobrinha que moravam na cidade. Ela foi corajosa e decidiu tentar a sorte com seu diploma em mãos em São Paulo.

Foi um momento bem emotivo para mim. Quando cheguei na Residência, ela me recebeu de um jeito bastante caloroso e atencioso, principalmente nos primeiros dias enquanto eu me arrastava dispersa pela carga psicológica de mais uma mudança de teto em tão pouco tempo. Ela sempre foi respeitosa e compartilhava tudo o que podia comigo. Vê-la levando as malas e entrando no Uber me fez pensar o quão pequenos somos diante do mundo.

Com as modificações que fiz em minha rotina, o fato de cursar menos disciplinas que o ofertado por período, as mudanças quanto ao que eu colocava como prioridade em minha vida que eu queria provocar em mim mesma, e as sessões de psicoterapia, aos poucos comecei a sentir alguma diferença no meu dia-a-dia. As crises foram rareando, e me sentir bem foi se tornando mais comum que o contrário.

Às vezes estava andando pelo campus, pensava nisso e ria de nervoso. E tentava evitar o pensamento, pois eu achava que se me iludisse com a melhora, quando o mal-estar voltasse, a angústia seria mais dolorosa. Sim, era como se eu não me permitisse experimentar completamente estar saudável.

Veio mais um período de férias. Aproveitei para estar em minha cidade, com minha mãe e minha gata, a Bolinha, visitar familiares e descansar. Marquei uma consulta com a Dra. Marieta também, na qual contei como vinha me sentindo nos últimos tempos. Com minhas respostas positivas, ela perguntou se eu gostaria de fazer uma tentativa de diminuir a dosagem do medicamento, e eu aceitei, feliz. Ela fez as orientações, e eu ouvi atenta e excitada.

Eu já não usava o Facebook tanto quanto o Instagram, e não apagava minha conta na primeira rede social somente por ter bastante apego pelos grupos de leitura de qual fazia parte nela. Foi em um deles que conheci o Paolo. Ele solicitou minha amizade depois de algumas interações que tivemos por comentários, e eu aceitei, animada, pois já tinha espiado o perfil dele.

Tínhamos a mesma idade; ele não era tão bonito e era de outro estado, porém mostrava vários talentos na área artística. Começamos a conversar, e nossa sintonia foi quase instantânea. Ele era inteligente e também gostava de gatos (era tutor de duas). Arriscava-se na fotografia e, desde que iniciamos nossa amizade, sempre mandava mostras das mais belas fotos que havia capturado durante o dia (o seu trabalho requeria que sempre estivesse se deslocando pelos interiores do estado).

Voltando à capital (eu sempre gostava de fazê-lo pelo menos uma semana antes das aulas começarem, para retomar o ritmo da Residência Universitária), avisei à Alana do meu retorno, e marcamos um encontro. No entanto, foi uma despedida, pois ela me informou que, infelizmente, não estava mais conseguindo manter financeiramente o consultório com a oferta de sessões com preço abaixo do padrão. Fiquei triste, mas ao mesmo tempo expressei minha gratidão e compreensão. Eu sentiria falta de seu rosto sério e bonito, e de suas questões difíceis de responder.

Conheci também minha nova colega de quarto, que ocuparia a vaga da Leila. Ela se chamava Vanessa, era animada e enérgica, e chegara na semana anterior. A Jennifer ainda não tinha voltado das férias.

Nós tínhamos um auditório com uma TV, e de vez em quando eu assistia à novela com algumas meninas, quando a obra era boa, e o jornal da noite com uma turma menor e mais variada. Foi em um desses dias anteriores à volta às aulas que ouvi a primeira notícia sobre o novo vírus que começava a alarmar a Ásia.

Capítulo 9

Durante as primeiras aulas, a maioria dos professores falava sobre seus cronogramas já mencionando a possibilidade de termos que parar, como estava acontecendo em alguns países lá fora. Os que não comentavam sobre as notícias logo eram questionados por algum aluno.

Minha mãe me ligava quase todas as noites. Eu sentia nela uma espécie de pressentimento.

Por fim, o novo vírus chegou ao Brasil e, quase um mês depois, ao nosso estado. A universidade suspendeu as aulas, e a pró-reitoria de assistência convocou todos os moradores da Residência para uma reunião. Pediram que fizéssemos uma lista com nossos nomes e nossas cidades de origem. Organizariam roteiros de viagem e ofertariam ônibus para que voltássemos para casa. Os que não fossem contemplados pelos roteiros receberiam uma ajuda de custo; a orientação era que, quem pudesse, buscasse um lugar menos propício a aglomerações.

Voltei para a minha cidade já tentando me preparar para lidar com a angústia do fato de ter a minha mãe lutando na linha de frente contra aquela nova e avassaladora doença, uma vez que ela era trabalhadora da saúde. As instruções que víamos na TV e na internet recomendavam higiene minuciosa, e eu queria ajudar a minha mãe o quanto eu pudesse com isso em casa, cuidando de mim também, é claro.

Estava acontecendo no mundo todo, de repente, e o que não faltava era conteúdo na televisão para mostrar; a rapidez do número de mortes aumentando assustava. Uma notícia que me tocou profundamente no início foi a de uma enfermeira na Europa que se suicidou ao ser contaminada, por medo de passar para os outros. Logo percebi que teria que ficar monitorando a mamãe quanto ao excesso de informações, porque elas eram terríveis. "Vamos assistir a apenas um jornal por dia!", "Não é hora de deixar o celular para descansar um pouco?".

Éramos extremamente cuidadosas em casa, principalmente eu. Nossos hábitos mudaram radicalmente. Eu fazia de tudo para precisar sair de casa o mínimo possível. Minha mãe às vezes o fazia sem combinar comigo, para tratar de coisas que eu poderia resolver tranquilamente, e eu não gostava disso. Já bastava o risco maior que ela corria no trabalho.

O tempo passava, e muitas pessoas morriam. Havia colapso por falta de covas nos cemitérios de algumas cidades; era como um filme de terror. Naquele momento, fui grata por morar em um município pequeno, o que ajudou com que os ambulatórios não se sobrecarregassem tanto.

Parecíamos reclusos física e emocionalmente, extremamente vulneráveis. Eu mantinha um contato mais íntimo somente com o tio Vanderlei e o vô Henrique, por telefone, a Carmem, o Paolo, e em uma frequência menor, com a Daiana e a Jeane, pelo grupo que tínhamos no Whatsapp; a Carol também fazia parte dele, mas morava na zona rural de sua cidade, onde o sinal de internet era mais fraco. Elas eram da Residência Universitária. Desde que a Leila havia se mudado, eu me aproximara ainda mais delas, que moravam no quarto que ficava à esquerda do meu. Frequentemente fazíamos brigadeiro de panela e pipoca e assistíamos a algum filme juntas. A Daiana era quase dez anos mais velha que nós três, e estava perto de concluir o curso e deixar a Residência também. Elas já mencionavam que eu poderia ocupar sua vaga quando acontecesse.

Voltando ao ritmo da pandemia, quando pessoas conhecidas começaram a morrer, a tensão foi muito mais palpável. Aconteceu com o vice-prefeito da cidade, e o prefeito foi acometido pela doença duas vezes em um curto espaço de tempo. Houve um momento em que parecia que todo mundo do bairro estava doente, exceto eu e minha mãe. Quero dizer, estávamos assintomáticas. Feliz, muito felizmente, nenhum familiar meu faleceu.

Entretanto, havia dor e tristeza para todo lado. E aos poucos eu comecei a sentir aquela melancolia se entranhando em mim.

Capítulo 10

As aulas iam voltar. Em formato remoto, online.

A pró-reitoria de assistência prometeu que editais para o empréstimo de tablets e chips com dados móveis iriam ser lançados antes. Eu os aguardava, e provavelmente precisaria retornar à Residência Universitária. Meu antigo notebook havia perdido as funções pouco antes do fim do Ensino Médio e, desde então, eu e minha mãe vínhamos protelando a compra de um novo.

Eu tinha começado a fazer exercícios em casa. Nos primeiros dias, minhas pernas doeram como se houvessem se transformado em ferro puro, porém não demorou para que eu descobrisse por que tantas pessoas parecem viciadas em se exercitar. Dizem que fazê-lo libera neurotransmissores responsáveis pela sensação de bem-estar, e realmente, às vezes, enquanto eu dava meus trotes sem sair do lugar, sentia-me envolvida numa espécie de transe.

Conversei com minha mãe e decidi que gostaria de fazer como estava acostumada: voltar para a Residência um pouco antes para retomar o ritmo. Deixá-la sozinha em meio à pandemia me abalava um pouco, no entanto, também havia oportunidades que eu não queria perder. E ela entendia e me apoiava.

Tentei me convencer de que não estava nervosa por viajar em meio a tanta contaminação. Quando chegasse à Residência, deveria ficar sob alerta por catorze dias, além de assinar um termo de compromisso pelo qual eu pactuava com todas as regras de isolamento e proteção.

Menos de uma semana antes da viagem, começaram a aparecer, em minha pele, pequenos calombos que coçavam. De início, na virilha, depois passando para as pernas, e então para todo o corpo. Minha pele sempre foi de avermelhar com facilidade, portanto, se eu coçava a aparência ficava pior, e a comichão também.

Minha mãe indagou se eu estava fazendo a limpeza da caixa de areia da Bolinha com regularidade, e afirmei que sim, claro. Era uma teoria, afinal a bichana tinha livre acesso a sofás e camas, porém por que eu desenvolveria alguma alergia relacionada à minha gata tantos anos depois de adotá-la?

Fui à uma drogaria cuja farmacêutica era amiga da minha mãe, evitando o hospital, e pedi àquela para dar uma olhada. A constatação foi: urticária; e me foi recomendada a compra de um antialérgico. Em casa, pesquisei um pouco mais sobre as causas do mal na internet, e não tive dúvidas que só podiam ser psicológicas no meu caso: estresse pré-viagem.

Cheguei à capital ainda tomando os remédios para a urticária, e passando uma pomadinha para amenizar a coceira. Por sorte, nem Jennifer nem Vanessa estavam no quarto quando retornei.

Eu estava sendo cuidadosa desde o início; também tentando sê-lo em termos psicológicos. Aquele estado que exigia hiper atenção e preocupação da população era uma bomba para pessoas com ansiedade patológica como eu, que julgava estar até me saindo bem. "Faça sua parte e espere que as pessoas ao seu redor façam o mesmo. Não fique matutando sobre questões que estão fora de sua alçada", eu repetia a mim mesma.

A Carol e a Jeane também aguardavam o lançamento dos editais para empréstimo de tablets, e tinham retornado à capital. Elas, junto a mais outras duas colegas nossas, estavam caminhando à tarde pelo campus, e eu me juntei a elas, feliz por ter a oportunidade de não perder o ritmo de exercícios que já havia construído.

Passei a dormir com a Carol e a Jeane, uma vez que a Daiana permanecia em sua cidade. Próximo aos catorze dias após minha chegada, resolvi ir ao supermercado comprar algumas coisas de uso pessoal que estava precisando.

Eu não pensava que sair pela primeira vez em plena pandemia em meio a uma capital fosse me impactar tanto. Na minha cidade, que era bem menor, antes do aparecimento do vírus já era quase comum não ver tantas pessoas nas ruas ao entardecer, por exemplo. Mas agora, ali, eu estranhei, mesmo com total consciência da situação. No supermercado, fiquei nervosa quando levei uma quantia menor do que o valor total das minhas compras; talvez tenha sido a falta de costume depois de tanto tempo... Fiquei desconcertada por precisar cancelar dois itens da compra, coisa pela qual nunca tinha passado. Aquela pressão com as atenções sobre mim... Minhas mãos começaram a suar.

Quando voltei à Residência, estava tendo uma crise de ansiedade.

Daiana, Jeane e Carol sabiam que eu tinha o transtorno... Contei a elas porque havia entre nós uma intimidade mais recíproca, entretanto, principalmente porque pensava que havia amadurecido sobre a maneira de lidar com aquilo.

De qualquer forma, sempre reagi às crises de maneira silenciosa. Cheguei ao quarto, higienizei todas as compras e sacolas, me banhei e tomei uma dose do meu psicotrópico, tudo com o coração aos pulos, tentando inspirar e expirar em um ritmo bom. Eu estava ingerindo metade de um comprimido a cada dois dias, a última vez tinha sido na noite anterior, todavia, eu só queria afugentar aquela crise... Fazia tanto tempo desde a última, eu só queria que parasse...

Na manhã seguinte, meu estômago estava um pouco sensível. Eu e as meninas cozinhávamos juntas, então daquela vez eu preparei para mim algo diferente, mais leve, e fiquei me recuperando à tarde, não as acompanhei na caminhada.

Amanheci melhor, ainda assim tomei cuidado com a alimentação. Entretanto, não esperava uma recaída quarenta e oito horas mais tarde, quando tive certeza que o que estava afetando meu estômago era o remédio. Naquele dia, ele doía tremendamente, tanto que logo comecei a suar e ter crises de ansiedade.

— A Flávia passou aqui para perguntar quais eram os teus sintomas. Você contou a ela que está mal? — a Jeane me perguntou, neutra.

— Sim, depois que ela notou minha cara de dor quando fui à cozinha fazer o chá — respondi, encolhida na cama.

Flávia era a coordenadora da ala feminina, moradora da Residência também.

— Vocês sabem, qualquer espirro é motivo para desconfiança — a Carol comentou. — Vamos logo à UPA, Tê, assim você melhora mais rápido, e eles não vão ficar pegando no seu pé.

Com "eles" ela provavelmente incluía o coordenador da ala masculina. Eles estavam vigilantes para com todos os residentes que se encontravam conosco no momento, e estavam certos.

— Você sabe: quero ver se melhora um pouco para eu poder ir sozinha, não quero expor vocês!

— Mas se melhorar, você não precisa ir. A lógica é ir agora, que você mal comeu hoje, e você faria o mesmo por uma de nós! — a Jeane exclamou.

Acabei aceitando, e a Carol chamou um Uber enquanto a Jeane me ajudava a colocar o necessário em uma bolsa para ir. A UPA do bairro não estava designada para receber pessoas com sintomas de covid-19, porém eu imaginava que, em meio ao desespero, muitos se desatentassem quanto a isso.

A Carol me acompanhou, no entanto, só pôde entrar comigo até a recepção. Ela me aconselhou a dizer à triagem que também estava tendo uma crise de ansiedade, para ser atendida com mais rapidez, e na hora, eu fiquei pensando se seria justo ou não. Depois, me arrependi por não ter sido mais incisiva ao responder as perguntas das enfermeiras, pois fiquei pensando nela lá fora, correndo aquele perigo por mim.

Fui atendida rapidamente por um médico que me passou uma injeção e uma medicação na veia. Sempre odiei agulhas, e quando chegou a hora de encará-las, eu não sabia se estava morrendo de calor ou de frio, e mal conseguia falar com a enfermeira responsável enquanto tentava controlar minha respiração.

— T-t-talvez... Eu passe mal...

A moça riu de leve e disse:

— Mas isso aqui é para você ficar bem!

Depois que ela injetou o líquido em minha veia, aos poucos eu fui me sentindo longe e leve.

— Melhor agora? — ela perguntou enquanto eu lutava para não apagar, lembrando-me do nome que eu lera na prescrição do médico: Diazepam.

Capítulo 11

Eu já sabia que o remédio estava destroçando o meu estômago, então decidi parar de vez, afinal já vinha tentando o desmame. As dores pararam depois que fui à UPA, porém um novo pico da ansiedade me aguardava.

Na manhã seguinte, me sentia cansada e sem forças para sair da cama, com um forte peso no peito. Tinha noção que precisava me recuperar no quesito alimentação, a Jeane jurava que eu devia ter perdido pelo menos uns dois quilos, no entanto, o simples fato de ir até a cozinha e voltar, realizar tarefas simples, acelerava meu coração e minha respiração de forma angustiante.

Eu me sentia muito fraca. Carol e Jeane preparavam minha comida, e eu me sentia horrível com isso, embora soubesse que faria o mesmo caso uma delas precisasse. Eu falava com minha mãe ao telefone, tentando encontrar justificativas...

— ... acho que tem toda essa coisa da pandemia, né? Lembra que falei que fiquei super nervosa *apenas* com aquele embaraço no supermercado quando cheguei aqui? Além da urticária, do problema no estômago...

Eu mal levantava da cama; quando o fazia, era porque parecia muito errado estar tanto tempo prostrada. Minha mãe e eu decidimos que ela iria me buscar. Ela me conhecia e sabia que o fato de eu estar dependendo tanto das meninas devia estar me consumindo muito psicologicamente, e concordamos que em casa eu me sentiria mais segura e aliviada.

Informei à Flávia que precisaria hospedar minha mãe somente por um dia, e relatei, sem dar muitos detalhes, o porquê da situação.

Enfim, ela veio, e foi como se apenas por vê-la, eu retomasse bastante o ânimo. Gostou muito das meninas, e vice-versa, porém viajamos logo na manhã seguinte. Durante a viagem, falei com a Carmem por mensagens, e ela me repreendeu por lhe ter ocultado meu real estado.

Em casa, buscamos a Bolinha com a vizinha, que também era nossa manicure. Agora era aguardar por minha convalescença. Naquela noite, o Paolo me ligou, coisa que já fazia às vezes.

— Que bom que a Bolinha não ficou estressada...

— A Bolinha conhece a Cibele, ela sempre vem aqui em casa, é manicure. E também gosta muito de gatos. Ela tinha um frajolinha, mas... envenenaram.

— Meu Deus, que maldade! Como pode haver pessoas tão maldosas nesse mundo?

Ele lamentou, genuinamente tocado. Às vezes eu o achava ingênuo demais, mas era uma das coisas que eu mais gostava nele. Naquela época, eu já estava apaixonada. Tinha certeza que ele não suspeitava, e que só me via como amiga. Era a primeira amizade mais profunda e íntima que eu nutria com um garoto, e quando percebi que estava sentindo algo a mais por ele, no princípio, me odiei por isso. Confundir os sentimentos me parecia um desrespeito.

— Eu queria ter mais tempo para passear com as minhas bebês. E lugares adequados aqui por perto... Não gosto de vê-las tão trancadas aqui no apartamento. — Ele deu um grande suspiro. — Há tempo que prometem concluir a reforma da pracinha aqui da frente, mas os tapumes continuam lá. E agora a urgência maior é esse vírus. Queria tanto que tudo terminasse logo... Fico aliviado que você voltou para a sua cidade. Grandes aglomerados urbanos agora estão mais vulneráveis...

Meu coração se apertou por saber que ele se preocupava comigo como eu me preocupava com ele.

— Eu também queria que suas férias chegassem logo, para você ir para a sua, embora... Você não ia ficar totalmente em paz com o seu avô aí, né?

Ele suspirou de novo.

— Desculpe tocar no assunto. Se você não quiser...

— Não, eu quero. Você é a única pessoa com quem eu consigo falar sobre isso.

Aquela dorzinha de novo por ele dar a entender que eu lhe era especial, de alguma forma.

O avô materno do Paolo e a mãe deste não se davam tão bem, por desentendimentos antigos que nunca foram perdoados; ele entendia os dois, mas sempre foi muito próximo ao avô por terem personalidades semelhantes. Paolo, antes da pandemia, estivera trabalhando junto a uma psiquiatra em um possível diagnóstico de espectro do autismo; ao qual achava que seu avô também pudesse se encaixar, após conhecer melhor o assunto.

O avô de Paolo pegou covid-19 e foi levado para a capital para ser tratado. Ficou internado bastante tempo, sem poder receber ninguém. Curou-se, no entanto, as sequelas eram pesadas, e ele odiava não poder voltar para casa. Mostrava-se pouco colaborativo, e emocionalmente apático.

— Ele não quer conversar nem comigo... E antes eu me gabava de ser o único que ainda conseguia tirar algo a mais dele... — Paolo forçou um riso, triste. — Meu pai acha que o melhor é tratar de uma viagem e de pagar alguém para ficar com ele, que com certeza o vovô vai melhorar ao reencontrar suas plantas e a luz do Sol. A mamãe e os manos são contra. Quer dizer, minha irmã está com o meu pai. E eu, em cima do muro, como sempre; incapaz de decidir qualquer coisa...

— Não fala assim, Paolo, isso não cabe a você...

— É só que... É tão ruim sentir minha família dividida no momento em que mais precisamos estar unidos... — ele chorava, e meus olhos começaram a arder.

— Eu entendo.

Houve uma pausa; eu lhe dei aquele tempo.

— Então só me resta ficar aqui enchendo seu saco... — ele falou por fim, rindo e fungando.

— Para com isso. Eu também estou sempre enchendo seus ouvidos com minhas crises de ansiedade, então? A gente se apoia. Você disse que eu sou melhor amiga, você é meu melhor amigo.

— Eu nunca tive isso... — Paolo disse depois de um instante, o suficiente para me fazer achar que eu tinha dito besteira. — E eu gosto de... ouvir você.

A distância entre aquele "de" e aquele "ouvir" foi a de uma pequena crise de ansiedade. Eu ri, nervosa, achando o que ele havia dito um encanto, e ao mesmo tempo pensando como aquele transtorno podia ser ridículo, porque uma simples demonstração de afeto podia ser suficiente para minha mente achar que eu corria perigo, e que a fuga era o melhor lugar.

E ao refletir melhor, sim, concordei que é isso o que o medo nos faz pensar sobre o amor muitas vezes. Sim.

❖

Poucos dias depois, eu deitava no chão de minha casa, sobre uma colcha velha, tentando aliviar as dores nas costas. Eu já trazia uma escoliose mal tratada da adolescência, e após todo aquele tempo recente em que fiquei na cama, mal conseguindo erguer os ombros quando ficava de pé, agora minha coluna cobrava.

Quando as dores eram mais fortes, mexiam um pouco com a ansiedade, que tinha cedido levemente; e que eu precisava manter naquele patamar para melhor, uma vez que dali em diante ficaria sem o remédio.

Numa noite, comecei a sentir um incômodo em minha face. Era como se houvesse um peso desproporcional sobre minha mandíbula. Nenhuma posição se mostrava confortável o suficiente para dormir.

Com as horas, o alto dos meus dentes inferiores começou a ficar dormente. A sensação era horrível, como se a parte de cima do meu rosto quisesse afundar, e minha mandíbula estivesse solta. Eu ficava olhando no espelho se minhas arcadas dentárias estavam no lugar, se eu continuava sorrindo como sempre sorri. Quando as crises de ansiedade vieram, foi com uma intensidade que eu nunca havia experimentado.

Eu ficava tão atordoada que nem conseguia ficar de pé. Era muito mais difícil, mais demorado controlar a respiração... Tão custoso levar o ar para os pulmões e segurar lá dentro. Se antes a sensação era de medo, daquelas vezes, não havia palavra a usar senão desespero puro.

Minha mãe acompanhava meu estado, e eu via o nervosismo do sentimento de impotência em seu semblante. Comentei que gostaria de ir a um dentista, quem sabe não pudessem receitar alguma coisa para aliviar a pressão em meus dentes. Ela pesquisou, acabando por encontrar um consultório odontológico que acabara de abrir na cidade e que, no momento, realizava avaliações gratuitas.

Fomos em um mototáxi. Fui atendida por uma jovem profissional muito gentil, no entanto, que confessou que não podia se arriscar com o meu caso: eu devia procurar um cirurgião-dentista.

As fortes crises de ansiedade persistiam, e eu só ficava mais sossegada na cama. Naquela noite, eu estava doida de sono, tentando dormir, de barriga para cima com a boca semiaberta (a posição que se mostrava menos dolorosa), quando de repente tomei um grande susto: senti minha mandíbula deslocando.

Levantei-me, assustada com a falsa impressão, respirei fundo e refleti por um instante. Fui até o quarto da minha mãe.

— Teresa? — ela também se sobressaltou.

Deitei-me junto a ela.

— Mãe... Preciso de um profissional. Eu não estou aguentando. — Meus olhos encheram d'água. — *Tá* muito forte.

Capítulo 12

A próxima consulta com a Dra. Marieta só seria possível dali a quinze dias. Havia um psiquiatra cujo nome minha mãe ouvia sempre falar, que trabalhava numa clínica na cidade polo da região, porém sua agenda era cheia, e não haveria como vê-lo ainda naquele mês.

E eu sentia que não conseguiria esperar tanto. A frequência daquelas crises de ansiedade tão intensas estava me desgastando psicologicamente a cada dia. Eu era como uma pequena barreira tentando conter uma grande vazão de água; quando ela me arrebentasse, eu me perderia junto.

Eu e minha mãe nos preparamos para viajar à capital. Ficaríamos hospedadas na casa da tia Betânia. Saímos na madrugada, a viagem durava cerca de seis horas, e, pelo menos, não passei mal. Chegamos ao nosso destino por volta do meio dia.

A tia Betânia ainda não sabia que eu tinha o transtorno de ansiedade, ou melhor, ela era uma daquelas pessoas que não imaginavam que a ansiedade podia se tornar patológica. Minha mãe tratou de explicar tudo, e minha tia me olhava cheia de estranhamento e dúvidas. Eu tentava lhe sorrir, garantindo a nós que tudo ia ficar bem.

Após o almoço, logo me acomodei no sofá da sala, porque estava cansando muito rápido. As duas discutiam para quais clínicas podiam ligar para ver a disposição de psiquiatras. De repente, uma crise muito forte me acometeu, tanto que eu não consegui ficar quieta tentando controlar como sempre fazia, um dos milhões de pensamentos que sacudiam minha mente vieram à tona:

— Mãe!

— O que foi, filha? — minha mãe agachou-se junto a mim.

— Liga para o ambulatório do... — eu informei o nome do hospital psiquiátrico público da cidade. Eu havia pesquisado antes de viajar sobre algumas possibilidades de atendimento público ali, salvando números.

—Teresa, tem uma consulta na Clínica Renascer para a próxima semana.

Era como se ela tivesse falado sobre uma data para o ano vindouro.

— Eu... preciso de alguma coisa... para me acalmar... — As palavras mal saíam, eu sufocava.— Meu coração *tá* batendo muito forte!

— Teresa, não sei se eles fazem esse tipo de atendimento nesse hospital —tia Betânia falou.

— Sim... Eles fazem. Eu pesquisei... Lá funciona... como ambulatório também... — respondi, embora minha certeza estivesse mais baseada na vontade de conseguir respirar direito.

— Eu chamo um Uber? — perguntou minha mãe, olhando para a minha tia.

— Espera, eu tenho uma colega que acabou de ser transferida de lá, vou ligar rapidinho e perguntar.

Enquanto eu segurava com força a mão da minha mãe e tentava me acalmar um pouco, os pensamentos me castigavam. Eu sabia que a fama daquele hospital não era muito boa, porém no momento eu estava desesperada.

Mas e se eles me internarem?
Mas claro que vão te internar, Teresa, olha o teu estado de dias!
Mas vão pensar que eu tô louca!
Que droga de pensamento é esse, preconceito com tua própria condição, você sabe que tem um transtorno psiquiátrico!
Eles vão apenas dopar você!
Vão te dar remédios que vão fazer você esquecer até quem é!

— Ela disse que sim, eles podem atender a Teresa — minha tia disse então. — Chamo o Uber?

— Chamamos, Teresa? — minha mãe olhou nos meus olhos.

Eu estava mais calma, absorta com a delícia do ar entrando mais tranquilamente em meus pulmões, que nem consegui responder na hora.

— Olha, vocês lembram da Dra. Noêmia, da igreja? Ela é psiquiatra. Posso pedir para o Estevão tentar uma consulta com ela, mas é particular, e pode ser mais caro já que é consultório próprio.

✿

A tia Betânia ligou para o meu primo Estevão, lhe contou o que estava acontecendo, e lhe fez o pedido. Já era noite; cerca de meia hora mais tarde, ele ligou para confirmar que a consulta estava agendada.

Saber que eu veria uma psiquiatra já na manhã seguinte me encheu de alívio. Estevão nos orientou a acordar cedo, que nos daria uma carona até o consultório. Eu queria mandar-lhe uma mensagem por Whatsapp agradecendo, mas estava evitando a agitação da internet nos últimos dias.

Estava sem dar notícias para algumas pessoas que me queriam bem, como Jeane e Carol, Carmem e Paolo, eu sabia, no entanto minha cabeça estava no olho de um furacão.

Quando chegou pela manhã, Estevão estava calado e se mostrava alarmado; pediu benção a minha mãe, e me olhava como se estivesse pronto para me tomar nos braços a qualquer momento, e ao mesmo tempo, me acusasse por não ter contado antes sobre minha condição.

O consultório ficava em uma área nobre da cidade, em um edifício. Estevão nos deixou, deu mais orientações, pediu que nós lhe ligássemos caso precisássemos de qualquer coisa, e mais tarde, que déssemos notícias; ele precisava ir à igreja resolver questões.

A consulta seria, sim, mais cara que em uma clínica popular, porém não tanto quanto poderia ser. Subimos e fomos recebidas por uma atendente bonita e gentil chamada Ingrid. Chegamos cedo, por isso não demorei a ser atendida. Não fiquei prestando atenção nos outros pacientes como da primeira vez em que estive em uma sala de espera psiquiátrica, apesar das máscaras (ainda estávamos em pandemia), e do fato de aquele ser um ambiente particular.

Quando chegou minha vez, eu estava decidida: iria sozinha. Minha mãe se mostrou levemente surpresa, mas não contestou.

Entrei na sala e me surpreendi com uma senhora alta, esbelta, de cabelos tingidos de castanho-avermelhado, e que já devia ter sessenta a setenta anos. Lembrava-me da tia Betânia falando de seu nome anteriormente, no entanto, nunca havia visto a Dra. Noêmia; só sabia que ela frequentava a mesma igreja que aquela parte de minha família.

As cadeiras para os pacientes e acompanhantes (só era permitida a ida de um por pessoa por conta da covid-19) estavam posicionadas junto à parede, consideravelmente distantes da mesa da Dra. Noêmia. Eu sentei-me e disse bom dia.

— Bom dia, minha filha.

Naqueles últimos dias, quis tanto um(a) psiquiatra que só do momento em que abrira os olhos naquela manhã até antes de ter o nome chamado pela Ingrid há poucos minutos, me preocupei com o tipo de profissional que iria encontrar. Eu podia ser uma pessoa inocente, porém como quase qualquer uma, tinha experiência com médicos, e infelizmente a maioria não era boa. Depois de um tempo, pude entender que a Dra. Marieta não fazia um atendimento muito satisfatório, orientava pouco, indagava pouco, mal olhava nos olhos.

Entretanto, minha angústia era tamanha que eu nem exigia tanto da Dra. Noêmia. Só queria uma receita. Que me indicasse algo para que as crises abrandassem.

Esperei a Dra. Noêmia rabiscar mais algumas folhas até que ela disse:

— Bom, minha filha... O que a trouxe aqui?

E eu contei tudo. Desde o começo. Quando as crises começaram logo que comecei o curso. Quando pensei que era um problema do coração. Quando comecei a tomar o remédio anterior após consultar a Dra. Marieta. O que senti durante aquele período, os picos do transtorno, aquele que me fez reprovar em uma disciplina, aquele durante o Carnaval. Quando comecei o desmame, e o início de tudo quando voltei à capital depois de um longo período de quarentena na minha cidade. O novo pico, que me fez precisar voltar, e as crises absurdas que começaram depois que a tensão em minha mandíbula surgiu.

Admiti que provavelmente não devia ter parado de tomar o remédio anterior da maneira que parei, porém que ele me amedrontava, pois tinha certeza que começara a ter os pensamentos suicidas depois que iniciei seu consumo. Então, de forma subconsciente, aquilo me incentivou a levar em frente o desmame. Que, por conta daquilo, pedi que minha mãe esperasse lá fora, não queria que ela ouvisse sobre aquelas coisas.

A Dra. Noêmia me olhava e anotava, com um semblante bem tranquilo. Quando eu terminei, ela endireitou a postura e falou:

— Teresa, é provável que você esteja tendo uma síndrome de abstinência ao ansiolítico. O que você está tendo não são mais crises de ansiedade, são crises de pânico. Seu organismo está sentindo falta da droga. Você sabe que não devia ter feito a retirada como fez. A retirada desse tipo de medicamento é muito delicada e precisa ser toda acompanhada pelo profissional...

Ela continuou. Não foi grosseira ao me repreender por meu erro, e então começou a explicar sobre o fato de eu possuir transtorno de ansiedade generalizada (pela quantidade de fatores que podiam agir como gatilhos sobre mim), não "apenas" um transtorno de ansiedade; explicou sobre o remédio que eu usava anteriormente, e depois, sobre o que me receitaria. Como eu deveria começar a tomá-lo, as possíveis primeiras reações...

— Está conseguindo acompanhar tudo?

— S-sim...

— Talvez sua mãe possa ajudar com isso. Não quer que ela entre agora?

Sim, eu queria, e a Dra. Noêmia me autorizou a fazer o chamado.

Minha mãe entrou na sala, e elas se apresentaram. Eu relatei que também estava tendo certa dificuldade em dormir, e a Dra. Noêmia me receitou um medicamento para quando acontecesse, apenas emergências.

Meu retorno foi marcado para dali a um mês.

❖

Fomos a uma farmácia logo depois de sair do consultório. Eu começaria a tomar o remédio novo já naquela noite.

Na casa da tia Betânia, li rapidamente a bula e não tive tempo de ter receios. Eu não queria colocar todas as minhas esperanças naquela caixa, sabia que meu organismo podia não reagir bem àquela primeira tentativa, inclusive foi algo que a Dra. Noêmia comentou — se acontecesse, nossa segunda opção seria retomar o medicamento que eu usava antes. Entretanto, eu sentia que meu psicológico já estava ajudando de forma considerável: as crises de pânico estavam mais brandas, e a tensão na mandíbula também.

Eu havia falado à doutora que nos últimos dias do desmame, meu estômago sofrera bastante, e perguntei se devia esperar isso com o novo remédio, pelo menos enquanto não me reacostumasse. Recebi uma negativa.

— Na verdade, você vai sentir que ele vai auxiliar bastante no teu processo digestivo, mas nos primeiros dias talvez haja alguma desregulação.

Previsto e acontecido. Na manhã seguinte, a primeira coisa que senti foi vontade de ir ao banheiro, o que se repetiu algumas vezes naquelas primeiras horas do dia. Surpreendentemente, ao longo dia, a ansiedade não compareceu.

Aproveitei para procurar duas coisas: um(a) cirurgiã(o)--dentista e um(a) psicólogo(a). O primeiro foi mais fácil, o consultório em que marquei a consulta ficava, inclusive, do outro lado da avenida em que ficava o da Dra. Noêmia. Quanto ao profissional de Psicologia, recorri à Alana para me dar recomendações, acreditando que ela iria considerar minha questão financeira. Por fim, cheguei a um nome: Tamires; devia ter por volta da mesma idade que a Alana, igualmente bonita. Marcamos a primeira sessão para a tarde seguinte; era pandemia, e a maioria dos atendimentos psicológicos eram feitos de forma remota agora.

Na manhã seguinte, meu intestino se mostrava bem melhor, e eu teria consulta com o cirurgião-dentista. Eu e minha mãe tomamos um Uber, e fizemos nossa viagem. Chegamos e fomos recepcionadas por uma atendente bastante animada, ela e mamãe conversaram bastante. Só havia eu na sala de espera, e uma pessoa sendo atendida. Não demorou.

O Dr. Darlan devia ser mais jovem que minha mãe e tinha olhos azuis bem bonitos. Ele examinou minha boca e apertou levemente alguns pontos da minha face, indagando onde doía, tirou a máscara para gesticular didaticamente diante da sua mandíbula, deixando-me meio tensa quando não recolocou o acessório logo. Explicava jovialmente que eu tinha uma disfunção temporomandibular, e pelo modo como me olhava e me tocou sutil, mas evitavelmente, diante do contexto de pandemia, penso que estava flertando comigo. Eu não fiquei surpresa, na verdade, o fato de aquela disfunção estar tão diretamente ligada à minha ansiedade tomava toda a minha atenção.

A verdade é que, ultimamente, era como se todos os sintomas físicos que meu corpo manifestava estivessem ligados a meu transtorno.

O Dr. Darlan me receitou um relaxante muscular e pediu um raio-X, apenas para confirmar que estava tudo certo com os ossos da minha face. Eu poderia retornar com quinze dias ou apenas ligar para saber da avaliação do exame, uma vez que, se pedisse, a clínica que ele indicou lhe enviaria as imagens por e-mail.

Capítulo 13

Depois de fazer o raio-X, eu e minha mãe decidimos voltar para a nossa cidade.

Ainda era meio atordoante o fato de as crises de pânico terem cessado tão imediatamente assim que comecei a tomar o remédio novo. Claro que também era maravilhoso não ter que experimentá-las mais, todavia, acredite, refletir sobre o poder que um "simples" comprimido pode exercer sobre você, e o quanto você se torna dependente dele, às vezes dá certa melancolia.

Eu estava tendo duas sessões de psicoterapia com a Tamires por semana; ela fazia um preço realmente razoável considerando o fato de eu ser estudante. As aulas do curso, remotas, iriam começar logo, e infelizmente eu tinha perdido os editais para empréstimo de tablets.

Aos poucos, atualizava amigos sobre meu estado, porém optando por mensagens longas, e que deixassem subentendido que eu ainda não estava aberta para conversas que pedissem mais detalhes, porque, em geral, elas estimulavam perguntas que eu ainda não queria me fazer. Eu queria manter minha mente o mais longe de gatilhos possível.

O relaxante muscular receitado pelo Dr. Darlan me deixava super sonolenta e tinha efeito anti-inflamatório também, e aos poucos eu fui sentindo os músculos da minha face sarando, com fisgadas esporádicas que revelavam a pressão de que eles estavam se livrando. O Dr. Darlan revelara que provavelmente o hábito de pressionar as arcadas dentárias de forma inconsciente não fosse me abandonar tão facilmente, portanto eu devia me manter atenta.

Por fim, gratas à tia Betânia e ao primo Estevão, eu e minha mãe fizemos nossa viagem de volta. A Bolinha havia ficado com a Cibele, e eu fui buscá-la, muito agradecida também.

Eu imaginava que se fosse para o remédio novo mostrar reações adversas, elas já teriam se mostrado. Na verdade, na bula dizia que certo humor depressivo podia comparecer nos primeiros dias, e eu realmente senti algo do tipo, mas agora apenas continuava levando tudo com a delicadeza que o momento exigia.

Até que tive uma noite insone. Não do tipo pegando no sono e acordando, cochilando e despertando, eu virei a noite sem motivo; sem zoada, sem preocupações. Como não consegui recuperar as horas com uma soneca depois do almoço no dia seguinte, decidi que mais tarde, antes de dormir, tomaria o medicamento para emergências do tipo indicado pela Dra. Noêmia. Ele era sublingual e, segundo ela, de rápida ação, por isso eu devia tomá-lo quando já estivesse na cama.

Porém o mesmo se repetiu: eu não peguei sono em minuto algum. Na manhã seguinte contei à minha mãe, que se surpreendeu. Novamente, tentei cochilar pela tarde, fechava os olhos, estava relaxada, ligava o ventilador, as condições, todas propícias, mas nada.

Pedi para dormir com a minha mãe daquela vez, pois, na casa da tia Betânia, dormíramos no antigo quarto e na antiga cama de casal do primo Estevão, e ficar pertinho dela ajudara a afastar algumas crises de ansiedade à noite. Resolvi que faria mais uma tentativa com o remédio para ajudar a dormir indicado pela Dra. Noêmia.

A parte ruim, além da terceira noite insone, foi que eu não queria atrapalhar o sono da minha mãe, então precisava ficar bem quietinha. O que, surpreendentemente, não era difícil agora; em geral, noites de insônia são frustrantemente agitadas, no entanto tudo em mim estava muito quieto. Minha mente era como um abismo sem eco, não havia pensamentos, temores, ou as inquietações habituais de quem não consegue se desprender do consciente para adentrar no inconsciente. Aquilo era muito estranho.

Dessa forma, foi difícil convencer a minha mãe, pela manhã, que realmente não havia preocupações enchendo minha cabeça para que eu não conseguisse nem cochilar, afinal elas eram a causa comum da insônia. Apesar de ser verdade, o fato de estar tanto tempo sem dormir começava a me deixar angustiada. Eu queria estar sem angústias e similares para conseguir descansar a mente, porém o fato de não vir conseguindo fazê-lo há tanto tempo me assustava.

O que você se pergunta nessas horas, quando tem ansiedade, é: quantos dias poderá permanecer daquela maneira com seu cérebro funcionando normalmente. Eu já me sentia extremamente lenta, sem forças, com pouco apetite.

Tomei uma decisão meio desesperada: pedi à minha mãe me acompanhar até o hospital, pois talvez se eu tomasse algo para relaxar, adormeceria. Chamamos um mototáxi e fomos. Ao ser atendida por um jovem médico, contei a situação, e ele me receitou o que eu queria; acrescentou que seria bom que a minha mãe já conseguisse uma nova carona para voltar para casa, pois depois da medicação eu estaria, com certeza, bastante sonolenta, com dificuldade para andar.

Depois de receber a droga na veia, realmente o efeito foi imediato, e eu me vi pestanejando e perdendo a força sobre meu corpo aos poucos, ao lado da minha mãe e da enfermeira. Lembro-me vagamente que a primeira conseguiu encontrar um colega que trabalhava em uma van do lado de fora do hospital, e de repente eu estava chegando à minha casa, amparada pelos dois. Fui deitada na cama da minha mãe, esperando que meus olhos fechassem de vez.

Ficar quatro noites seguidas sem dormir absolutamente nada foi um terror diferente de tudo que experimentei na vida, talvez mais sombrio até que as crises de pânico. A verdade é que, enquanto escrevo estas linhas, sinto-me meio frustrada por não conseguir colocar em palavras as sensações de morte de que me aproximei e descobri quando vivi aquilo, mas... no final, quase sempre delibero que provavelmente é impossível. Poucas palavras são tão verdadeiras quanto as que saem de uma pessoa com transtorno mental quando ela diz que você só saberia como ela se sente se tivesse a mesma condição. Ou não. Porque para cada um é diferente.

Pela manhã, pude ver a dor nos olhos da minha mãe quando eu lhe disse que novamente não conseguira dormir. A impotência que ela devia sentir por não ter conhecimento de nada que pudesse ajudar-me, logo ela que sempre fora tão demandada pela família e amigos por ser técnica de enfermagem... Eu via que ela estava diferente, fazendo as coisas com pressa, arrumando mil coisas para fazer, talvez querendo mostrar para si mesma que era útil naquela situação.

Comuniquei-lhe que ligaria para a Dra. Noêmia; ela havia nos repassado seu número de telefone pessoal, e, quando fez isso, eu achei que jamais o usaria, até porque não estava habituada a receber aquele nível de abertura de médicos. De qualquer forma, eu hesitei e senti hesitação da parte da minha mãe também.

Quando a Dra. Noêmia atendeu, calmamente eu lhe perguntei se ela se recordava de mim, mencionando que eu era prima do pastor Estevão, como minha mãe sugeriu, e lhe contei o que estava acontecendo. Para a minha surpresa, ela se mostrou surpresa quando eu relatei que não conseguira dormir nem com o remédio para emergências que ela havia receitado. Pediu que eu fosse vê-la na manhã seguinte, e eu quase sorri ao contar que provavelmente não seria possível, pois eu estava na minha cidade natal em vez de na capital. A Dra. Noêmia continuou se mostrando um tanto alarmada, reclamando consigo mesma sobre a infelicidade da situação.

    A solução que obtivemos foi que ela enviasse uma foto de um receituário seu com a indicação de um novo medicamento para dormir, que eu poderia mostrar a um médico que concordasse em me passar uma receita dele. A minha mãe tinha amizade com um doutor que consultava em uma clínica particular além do atendimento público, inclusive recentemente fora atendida por ele quando um pequeno inseto entrara em seu ouvido à noite, deixando-o dolorido (uma vez que o hospital, na época, ainda estava priorizando os casos de covid-19); assim, ela o procurou na clínica depois que a Dra. Noêmia me enviou a foto.

    Minha mãe saiu, e eu fiquei esperando, torcendo dolorosamente para que tudo desse certo.

Capítulo 14

Não sei dizer exatamente quando percebi o quanto emagreci. Desde o episódio com as fortes dores de estômago quando ainda tomava o remédio para ansiedade antigo, em dias alternados, tinha chegado a pelo menos uns 45 kg e, desde então, com minha piora, não havia conseguido retomar nada.

Agora eu não tinha mais noites insones com a ajuda do remédio para dormir, e as crises de ansiedade, felizmente, já não davam as caras há um bom tempo... Mas eu estava emagrecendo.

Era contraditório, pois meu apetite também aumentou muito. Pelo menos de três em três horas, eu queria comer algo. E minha mãe enchia a geladeira de coisas, comparava uma variedade de frutas e lanches, me incentivando. Porém ela não gostava nada de ver que a cada vez que eu me pesava na balança da farmácia, estava com algumas gramas a menos.

Eu sabia que a perda de peso era um dos efeitos colaterais do remédio para ansiedade novo. Significava que meu organismo ainda estava se moldando a ele, e já fazia quase um mês desde que eu começara a tomá-lo.

Quando chegou a data do retorno com a Dra. Noêmia, eu ia anotando tudo que não queria esquecer de tratar com ela sobre aquelas últimas semanas; minha mãe sentou comigo e perguntou seriamente se eu não cogitava pedir uma mudança de remédio, pois aquela minha perda de peso era preocupante. Devo ter olhado para ela assustadíssima, porque era a última coisa no mundo em que eu pensava: correr o risco de passar por tudo de novo, crises de pânico, noites insones, ou remédios que causassem pensamentos autodestrutivos em mim...

Tivemos uma pequena discussão naquele dia, porque eu tentava lembrá-la que a Dra. Noêmia havia alertado que aquele medicamento requeria um tempo de adaptação maior para o meu organismo, e minha mãe argumentando que se eu não estivesse em um peso saudável, não teria forças para me recuperar totalmente.

Sentia-me tão melhor psicologicamente como há muito tempo não me sentia que mal prestava atenção no meu corpo, no entanto, a partir dali comecei a me olhar mais no espelho. Na época, eu devia estar beirando os 40kg.

Eu viajaria sozinha, e ficaria na Residência daquela vez. Todo mundo que estivesse por lá já estaria em clima de retomada das aulas, ainda que de forma remota, e eu não sabia se isso afetaria o meu emocional, já que, em algum momento, sem precisar pensar muito sobre, eu decidira que ainda não tinha condições de voltar aos estudos. Em minhas sessões com a Tamires, eu relatava como era inevitável não pensar que mais uma vez eu ficaria atrasada em relação aos outros, todavia, além de tudo o que eu passara, ainda estávamos em contexto de pandemia, e tudo era muito delicado.

Oficialmente, eu ainda morava com a Vanessa, e a Daiana ainda pertencia ao quarto da Carol e da Jeane, pois aqueles processos estavam meio que "congelados" com o isolamento social. Eu havia mandado uma mensagem à Vanessa pela manhã avisando que eu chegaria, porém houve um imprevisto, e minha viagem atrasou algumas horas.

Acabei chegando pela noite à Residência. Quando entrei no meu quarto, ela estava lá, ajeitando as unhas sobre a cama vaga, mas havia também um garoto sobre a sua, dormindo. Eu o reconheci rapidamente, era um dos últimos moradores integralizados antes da pandemia. A Vanessa se mostrou surpresa em me ver, esperava que eu aparecesse mais cedo; fez menção de me abraçar, e eu a alertei que não era recomendado, pois eu estava chegando de viagem. Nesse momento, o garoto começou a despertar, até se sentar na cama, olhando para nós, calado e de olhos arregalados. Então fiquei sem saber o que fazer, porque possuía todo o roteiro de higienização de cor na cabeça numa situação daquelas, queria tirar minhas roupas e ir tomar banho imediatamente, no entanto me sentia sem privacidade e segurança nenhuma ali...

Saí do quarto com uma espécie de raiva crescendo em mim, tomando o cuidado de tirar meu pequeno frasco de álcool em gel do bolso e de passar um pouco do conteúdo nas maçanetas. Fiquei no corredor me recuperando até que o garoto saiu apressado. Depois de alguns segundos, voltei.

— Até separei um espaço no congelador para você, Teresa, mas você nem trouxe isopor, né?

— Ele *tá* dormindo aqui? — eu indaguei.

— Não, ele veio só tirar um cochilo, porque os meninos do quarto dele são muito bagunceiros, e ele não consegue dormir à noite.

— Você sabe que isso é perigoso, Vanessa...

— O quê? — ela fez uma careta.

— Estamos em pandemia. Não é bom ficarmos compartilhando nossas camas.

— Vou dormir aqui hoje... — ela havia se sentado na outra cama novamente.

— Eu te falei que ia chegar de viagem hoje. Por que trouxe ele para cá? Você sabe que quem chega de viagem tem que ficar quinze dias sob alerta...

— Pensei que você fosse chegar mais cedo.

— Eu disse que vinha *hoje*, ainda não são mais de 00h... — elevei o tom.

Ela me encarou por alguns segundos.

— Tudo bem, não vai mais acontecer.

Decidi deixá-la de lado e ir me higienizar logo.

Algumas das pessoas que souberam que saí dali da última vez por causa de uma crise psicológica, quando me olhavam pelos corredores, me perguntavam se eu estava melhor, algumas delas comentando a respeito do meu emagrecimento; outros, com quem eu não tinha muita intimidade, mas que eram acostumados a me ver por ali, apenas não conseguiam disfarçar o espanto com minha aparência. Era um tanto desconfortável. A Jeane me aconselhava a não dar bola, argumentando que eles não sabiam a fundo o que eu estava passando, e que "muita gente perde a oportunidade de ficar com a boca fechada quando o assunto é o peso dos outros", eram as palavras dela.

Fui procurar uma calça que não ficasse caindo de minha cintura, para ir à consulta com a Dra. Noêmia, e não achei. Em seu consultório, contei que estava lidando bem com os remédios, que não tivera mais crises de ansiedade, mas a pressão com relação ao meu peso, principalmente a que vinha da minha mãe, estava me afetando um pouco.

A Dra. Noêmia me deu como extra a receita de outro medicamento, dizendo que era escolha minha trocar ou não, afirmando que sabia como questões relacionadas a peso podem ser desgastantes para a família. Novamente, eu deveria agendar com a Ingrid meu retorno para dali a um mês.

Chegando à Residência, vi que a Flávia tinha me mandado uma mensagem pedindo para tirar um tempo para uma conversa. Depois do almoço, esperei a hora marcada tentando resistir à tentação de ficar olhando meu rosto na câmera frontal do celular e achando-o horrivelmente disforme por conta da magreza.

A Flávia ainda era coordenadora da ala feminina e, naquele momento, eu imaginava que ela fosse me questionar se eu estava tomando os cuidados necessários após minha chegada. Dessa forma, o assunto que ela abordou me pegou totalmente desprevenida:

— A Vanessa veio me perguntar se há regras contra visitas nos quartos. Disse que você deu a entender que não queria mais que ela levasse pessoas para o de vocês...

Estávamos sentadas na sala de estudos, que se encontrava vazia àquela hora. Fiquei olhando para a Flávia através de sua máscara como se não tivesse escutado bem o que ela dissera.

— Isso não aconteceu. O que houve foi que quando eu cheguei de viagem, havia um amigo dela aqui da Residência dormindo lá, e eu achei meio negligente da parte dela com relação às regras de distanciamento...

A Flávia fez uma pausa.

— Bom, eu vou questioná-la quanto a isso. Estamos seguindo regras, sim, e, se for preciso, vou relembrá-la disso, pois o que ela alega é que você como moradora mais antiga está impondo coisas. E que você chegou tratando-a de uma forma como nunca tratou.

Achei engraçado aquilo. Sim, em geral sou uma pessoa tranquila, e o problema de muita gente que convive com pessoas assim é achar que, como qualquer um, não temos um limiar de tensão. Por isso, costumam se aproveitar e ir extrapolando limites aos poucos.

— Você está fazendo seu tratamento, não está?

Fixei meus olhos nos dela imediatamente, sem entender aonde ela queria chegar.

— Sim... — boquejei.

— Ótimo. Era só isso, Teresa. Obrigada. Melhoras para você.

Ela se levantou e se foi, e eu fiquei acompanhando-a de cenho franzido me questionando se eu a havia interpretado mal ou não.

Ela insinuara que minhas prováveis reações fora do padrão se deviam ao fato de eu estar em tratamento psiquiátrico? Que eu parecia uma descontrolada? Que eu devia melhorar porque estava incomodando quem sempre foi acostumado com uma outra Teresa?

Odiei aquilo. Senti lágrimas ardendo em meus olhos. Eu me encontrava muito bem, obrigada, ninguém podia imaginar o quão perto de um colapso eu já estivera, o quanto eu tinha sido forte, o que eu tinha aguentado e ainda estava aguentando...

Eu ainda tinha coisas para resolver na capital, e havia pessoas que me apoiavam intimamente ali, mas, naquele momento, achei que a Residência talvez não fosse um bom lugar para continuar tentando minha reestruturação. Muitos olhares, muitos julgamentos, muitas perguntas, rotina estressante, e eu fora da atmosfera de retomada das aulas...

Liguei para alguém que sempre me oferecia todos os tipos de abrigo:

— Alô, Carmem? *Carmita*, se não for... incomodar você, eu posso... posso passar esses dias que ainda estarei por aqui, na cidade, aí?

Capítulo 15

Quando voltei à minha cidade, fui a uma nutricionista, e ela me passou uma dieta para ganho de peso que, colocada no papel, deu quase vinte folhas impressas. Infelizmente, não ajudou muito, e demorou bastante até que eu começasse a recuperar os primeiros quilos.

Enquanto isso, lidar com o modo como as pessoas próximas a mim se comportavam com relação àquilo era bastante tenso. Minha mãe só abandonou a ideia que eu realmente devia cogitar uma tentativa com outro remédio depois que ela viu que talvez um medicamento que aumentasse meu apetite não fosse uma boa ideia. Como eu já mencionei, eu andava com uma fome jamais vista; queria comer de três em três horas e, se não a saciasse, chegava quase perto de experimentar um pouco da ansiedade que sentia antes, quando passar do horário das refeições podia desencadear crises. Então, aliado ao fato de eu me enxergar tão magra e acreditar que precisava engordar logo, meu apetite aparentemente dobrou e, por alguns dias, eu comia sem parar, em pequenas porções, tudo o que encontrava.

Num deles, acabei exagerando, ingerindo muitos alimentos ácidos — o quintal de nossa casa era grande e possuía algumas árvores frutíferas, dentre elas, uma aceroleira, e eu ficava indo coletar os pequenos frutos avermelhados a todo momento para comer. De repente, meu estômago começou a doer terrivelmente. Minha mãe fez um chá de erva cidreira que sempre me salvava, mas não ajudou. Tomei um remédio, porém a dor só piorava; não me lembro de alguma vez já ter sentido meu estômago doer tanto, eu só conseguia ficar deitada em posição fetal.

No hospital, nem tive forças para esperar a medicação receitada pelo médico. Eu estava semi sentada em um banco de madeira, com o tronco deitado e a cabeça apoiada sobre o colo de minha mãe. Quando fui chamada pela enfermeira que aplicaria a droga em mim, erguendo-me, vomitei como se estivesse sendo exorcizada.

Fiquei extremamente envergonhada por fazer aquela sujeira. E, depois daquilo, percebi que a minha mãe abrandou mais a cobrança sobre minha alimentação. Ainda assim, vivi outras situações desconfortáveis (como quando o tio Vanderlei e o vô Henrique vieram me visitar e, ao me ver tão magra, este acabou chorando antes de eu lhe explicar o quanto estava melhor) até realmente voltar a ganhar peso.

Talvez desmamar do remédio para dormir tenha ajudado no processo. Já na minha segunda consulta com a Dra. Noêmia, ela revelou que a intenção era que eu não ficasse dependente de mais um medicamento e, conforme eu fosse sentindo que era possível, trabalharíamos uma retirada. Porém sem apressar processos.

Assim, quando comecei a achar que estava dormindo mais do que o necessário, eu consultei a opinião de minha psiquiatra.

E, aos poucos, não precisava mais de uma segunda pílula à noite.

Não que eu visse problema em meus sonos particularmente longos, e de conseguir mantê-los mesmo cochilando à tarde... Depois do episódio da insônia química e das quatro noites sem descanso, na verdade, depois de tudo, incluindo o desmame do primeiro remédio, das crises de pânico, dormir o máximo que eu pudesse foi o refúgio que encontrei para recolocar minha mente em um lugar seguro; era como se meu inconsciente fizesse todo o trabalho de limpeza. Mantenho isso até hoje... agora usando mais como um escape, quem sabe, admito.

Após um ano, voltei aos estudos. A pandemia foi, lentamente, retrocedendo, vieram as vacinas, e não sei se algum dia tive a doença, pois nunca apresentei sintomas. Isso é bom.

Como mencionei uma vez, aquela vivência deixou uma profunda tristeza não só em quem teve a covid-19 e/ou perdeu conhecidos; e, no meu caso, somado às questões relacionadas ao meu transtorno, por bastante tempo experimentei fortes desesperança e apatia, como se eu não encontrasse mais sentido em retomar a "vida normal"...

Era paradoxal, porém eu tinha que aprender a lidar com uma nova existência, na qual crises de ansiedade (que antes pareciam fazer parte de mim) eram raras, e o pensamento de morte não aparecia mais como inevitável — inevitável porque, antes, eu mesma queria causá-la, e em breve. Sim, sim, aquilo era extremamente positivo, mas a verdade é que o novo sempre assusta. Não pensar mais em suicídio me deixava aberta para possibilidades que eu não imaginava, possibilidades de vida. Não sei se já comentei isso aqui, no entanto é bem melancólico pensar no quanto uma pessoa com transtorno de ansiedade é refém de tentar controlar tudo ao redor, e quando pensa em se matar, é porque quer controlar até o próprio fim. E quem pode julgá-la por isso? Quem pode julgar alguém que parece só conhecer o medo na vida?

Eu sei que esta história não acaba aqui. E, por muito tempo, a certeza disso me amedrontou também. Eu passei muito tempo tendo crises diárias, com tréguas que nunca duravam o suficiente, para perder a mania de sempre manter sob o travesseiro um receio sabotador de viver o hoje por medo do amanhã. Quanto mais alto, maior a queda? Eu achava que quanto mais me iludia que tudo podia ficar bem, mais sofreria quando o novo baque viesse. Então, acho que até algum tempo atrás, se eu me pegava me divertindo, de bom-humor sem motivos, permitindo-me entregas exageradas, eu acabava me repreendendo por dentro depois. No entanto... vejo que ultimamente eu ando esquecendo de seguir esses roteiros.

Ultimamente eu ando displicente. E viver assim é bom. É como experimentar algo a que sempre tive direito, mas que me haviam negado.

Talvez um dia eu me depare de novo com outro pico de ansiedade, sei lá, e olha eu aí inevitavelmente pensando nisso, e... sei lá de novo. Talvez eu nunca me livre desse tipo de pensamento. Mas... se um dia me culpei, sei hoje que eu estava totalmente errada por fazê-lo.

Tem muita coisa que não contei, boa parte de forma proposital, muito sentimento impossível de colocar em palavras, e eu acho que ando recalcando bastante...

Involuntariamente, sim, mas é isso: algumas coisas não dá para controlar.

FIM

- editoraletramento
- editoraletramento.com.br
- editoraletramento
- company/grupoeditorialletramento
- grupoletramento
- contato@editoraletramento.com.br
- editoraletramento

- editoracasadodireito.com.br
- casadodireitoed
- casadodireito
- casadodireito@editoraletramento.com.br